사춘기를 위한
짧은 소설 쓰기 수업

사춘기를 위한 짧은 소설 쓰기 수업

쓰면서 생각을 키우는 스토리의 힘

정명섭·이지현 지음

생각
학교

프롤로그

반가워요. 저는 소설을 쓰는 정명섭 작가입니다. 종종 이렇게 작법서를 쓰기도 하지요. 2006년 처음 책을 썼고, 단편을 수록한 단편집까지 합하면 지금까지 200권 가까이 출간한 것 같아요. 물론 출간하지 않은 소설까지 세면 그것보다 훨씬 더 많이 썼지요. 저도 이번에 세어보다 깜짝 놀랐답니다.

제가 이렇게 작품 활동을 해온 걸 아는 분들이 하는 질문이 있습니다. "그럼, 작가님은 어릴 때부터 소설을 쓰신 건가요?", "글쓰기 재능을 타고나셨나 봐요!" 아마 지금 이 글을 읽는 친구들도 그렇게 생각할 수 있겠지요. 하지만 절대 그렇지 않습니다. 저는 문학을 전공하지 않았고 전업 작가로 활동하기 이전에는 글쓰기와 전혀 관련 없는 일을 했거든요. 돌이켜 보면 오히려 시작이 늦은 편이죠. 다만 특별한 점이라면 '소설을 쓰고 싶다는 강한 열망'이 있다는 것, 그리고 '글 쓰는 기쁨'이 정말 크다는 것? 길게 말했지만 결국, 이야기를 좋아하는 마음 하나로 여기까지 왔어요.

요즘 전국의 학교를 돌아다니며 학생들을 대상으로 소설 쓰기 강의를 해요. 이 일이 제 삶의 새로운 재미입니다. 소설을 쓰고 싶어 하는 어린 친구들을 만나서 고민을 듣고, 저마다 가지고 있는 이야기의 씨앗을 함께 싹틔워 가는 시간이 참 좋거든요. 글감을 어떻게 찾을지 몰라 헤매는 학생부터, 일단 쓰고 싶은 대로 썼다가 주변에서 재미없다는 반응을 보여 속상해하는 학생까지. 저마다 다른 고민을 안고 끙끙대는 모습이 예전의 제 모습과 겹쳐 보이기도 해요. 저 역시 지난날 글을 쓰면서 어려움에 부딪혀 헤맸거든요. 어렵더라도 자신만의 이야기를 만들어내고 나누는 것 자체를 순수하게 사랑하는 학생들 모습은 저에게 하나의 기쁨입니다. 그래서 앞으로도 더 많은 학생을 만나고 싶어요. 하지만 아쉽게도 제 몸은 하나이고, 시간은 부족하고…. 그래서 책으로라도 여러분과 만나려고 청소년을 위한 글쓰기(소설 쓰기) 첫걸음 안내서를 준비해보았습니다. 최대한 현장감 있게 내용을 전하고 싶어서 강의할 때 학생들이 자주 질문했던 내용을 바탕으로 목차를 구성했어요. 이 책을 통해 제가 소설을 쓰면서 쌓은 노하우와 경험을 최대한 많이 알려줄 테니 편하고 재미있게 읽어주세요.

소설 쓰기 책답게 목차는 '기-승-전-결'로 구성했습니다. '기' 부분에서는 소설이란 무엇인지, 왜 소설을 써야 하는지 간략히 살펴볼게요. 이어지는 '승-전-결' 부분에서 본격적으로 소설을 쓰는 스킬을 알려줄 거예요. 이때 장마다 글쓰기 미션을 줄 텐데요, 미션을 하나씩 수행하다 보면 어느새 나만의 짧은 소설이 완성되어 있을 거예요. 이어지는 부록에는 이지현 사서 선생님이 알려주는 책 출간하는 법, 선생님 독자들을 위한 학생 글쓰기 지도법, 글쓰기 십계명이 소개됩니다.

자 그럼, 이제 저와 함께 세상에서 하나뿐인 나만의 이야기를 쓰러 가볼까요?

◆ 프롤로그　　　　　　　　　　　　　　　　　　　　5

기 　　:소설 쓰기를 시작하는 학생들에게

Q1. 왜 소설일까?

이야기에 매료된 사람들　　　　　　　　　　　15
왜 하필 소설일까?　　　　　　　　　　　　　18
소설가가 된 이유　　　　　　　　　　　　　　22

Q2. 소설, 어디까지 알고 있니?

대체 소설이 뭔데?　　　　　　　　　　　　　26
분량에 따라 나뉘는 소설　　　　　　　　　　30
장르에 따라 나뉘는 소설　　　　　　　　　　32
짧은 소설 쓰기 시작해 보자　　　　　　　　34

Q3. 소설 쓰기와 친해지는 법?

재능보다 중요한 것　　　　　　　　　　　　37
소설 쓰기와 친해지기 1: 습관과 습작　　　39
소설 쓰기와 친해지기 2: 독서　　　　　　　41

승 : 어떤 이야기를 써야 할까?

Q4. 아이디어나 소재가 떠오르지 않아요

글쓰기의 첫걸음, 소재 찾기   47

소재들의 보물 창고, 뉴스/기사   49

오래된 기사, 작은 광고도 살펴보기   51

Q5. 어떤 인물이 등장하면 좋을까요?

잘 키운 캐릭터 하나, 열 장편 안 부럽다   56

주인공 캐릭터, 이렇게 만들자   58

소설의 숨은 감초, 빌런   64

Q6. 세계관과 배경은 어떻게 구상하죠?

세계관, 꼭 필요할까?   68

매력적인 세계관의 시작은   71

Q7. 어떤 사건이 재밌을까요?

여기가 바로 사건 맛집   74

사건, 만들지 말고 찾아라!   76

장르별 사건 규칙   79

Q8. 아이디어는 있는데 어떻게 시작해야 할지 모르겠어요

아이디어와 작품 사이, 시놉시스   87

시놉시스, 별거 아니네   89

Q9. 첫 문장은 어떻게 적어요?

첫인상을 결정하는 첫 문장   94

첫 문장의 함정 벗어나기   96

Q10. 갑자기 사건이 발생하니까 어색한 것 같아요

이제부터 본격 시작, 빌드업   100

시작이 막막할 땐, 클리셰를!   102

빌드업의 또 다른 방법들   104

Q11. 재미만 있으면 됐지, 주제가 꼭 있어야 하나요?

이 글은 왜 쓰셨어요?   108

주제, 너무 어렵게 생각하지 마   110

Q12. 나는 재밌는데 친구는 무슨 말인지 잘 모르겠대요

내 글이 어렵다고?   113

중간 점검 1: 묘사를 제대로 했나?   115

중간 점검 2: 대사와 지문을 잘 활용했나?   116

Q13. 대사와 지문까지 확인했는데도 글이 어딘가 이상해요

여전히 내 소설이 어색하다면 시점 체크   122

한 작품 두 시점, 괜찮을까?   127

결 : 어떻게 마무리할까?

Q14. 쓰다가 자꾸 포기해요

중간에 포기하고 싶어질 때면   135

효과 빠른 치료제 '반드시 마감'   137

Q15. 결론을 못 짓겠어요

시작은 창대했으나 그 끝은?   142

해피 엔딩? 새드 엔딩? 그 전에 주인공 서사 매듭짓기   145

Q16. 퇴고가 뭐에요?

초고는 쓰레기다   148

퇴고, 이렇게 해보세요   152

Q17. 제목은 어떻게 정하면 좋을까요?

내 글에 이름 붙여주기   155

이런 이름은 피하자   157

◆ **부록1** 작가라는 직업이 궁금해요!   163

◆ **부록2** 책 출간, 이렇게 하세요!   176

◆ **부록3** 선생님을 위한 책 쓰기 활동 지도법 A-Z   197

◆ **부록4** 사서 선생님이 알려주는 글쓰기 십계명   212

기승전결

:소설 쓰기를 시작하는 학생들에게

왜 소설일까?

이야기에 매료된 사람들

본격적으로 소설 쓰는 법을 알려주기 전에 잠깐 들려줄 이
야기가 있어요. 저는 2016년부터 부산국제영화제 아시안 필
름 마켓에 참여하고 있습니다. 자세히 말하자면 영상화에 적
합한 도서 원작을 소개하는 '북 투 필름' 부분에 함께하는 것
이죠. 매년 참가 신청을 해서 선정이 되면 부산으로 내려가 현

장에 참여하는데요, 현장의 수많은 사람을 마주할 때면 이런 생각이 들곤 합니다. '우리는 이야기에 매료되었구나.' 영화든, 책이든, 그 시작엔 '이야기'가 있으니까요.

〈알라딘〉, 〈신밧드의 모험〉, 〈알리바바와 40인의 도적〉 등이 실린 설화집 《아라비안나이트》를 혹시 아나요? 우리에게 익숙하기도 하고, 낯설기도 한 250여 편의 이야기가 담겨있는 《아라비안나이트》의 탄생 배경을 잠간 떠올려봅시다. 잘 모르는 학생들을 위해 탄생 비화를 짧게 소개할게요. 자신이 사냥 나간 틈에 왕비가 바람피운 걸 알게 돼서 그 뒤로 여자를 믿지 못하는 한 페르시아 왕이 있었어요. 마음의 상처가 컸는지 왕은 바람피운 왕비를 처형했고, 하루에 한 명씩 새로운 여자를 아내로 맞았습니다. 하루가 지나면 아내들은 무참히 처형돼 버렸거든요. 주인공 세에라자드는 새로운 왕비가 되었지만, 그녀 역시 그렇게 죽을 운명이었습니다. 하지만 하루살이와도 같던 그녀의 운명을 바꾼 것이 있었으니, 바로 '이야기'였어요. 세에라자드가 매일 밤 들려주는 이야기에 푹 빠진 왕이 그녀를 천 일이 넘게 살려두었거든요. 그 이야기들이 바로 《아라비안나이트》예요. '천일야화(千一夜話)'라고도 하지요.

이런 왕의 모습을 보고 어떤 생각이 들었나요? '할머니한테 옛날이야기를 보채는 어린아이도 아니고, 왕이란 사람이

저런다고?' 하며 이상하게 생각하는 친구들도 있겠죠? 물론 그 생각도 이해는 합니다만 저는 왕의 모습이 지금 우리가, 아울러 인류가 원래 갖고 있는 이야기에 대한 욕망을 분명히 보여준다고 생각해요. 우리가 중독적으로 유튜브나 인스타 그램을 확인하는 이유도 형식이 다를 뿐, 결국 주변 사람들 사이에서, 혹은 세상에서 유행하는 이야기가 무엇인지 알고 싶기 때문이잖아요. 입소문이나 전기수(예전에 이야기책을 전 문적으로 읽어 주던 사람)의 공연에서 인터넷과 SNS로 매개체가 바뀌었을 뿐, 인류는 과거부터 쭉 이야기와 함께 살아왔던 것이죠.

이야기는 이렇게 매력적이면서 힘이 아주 셉니다. 그럼, 여기서 잠깐 제가 깜짝퀴즈를 한번 내볼게요.

"단군 할아버지의 업적이 무엇인지 말해보세요."

"온달 장군은 누구인가요?"

조금 어려운가요? 그럼 이건 어때요?

"단군의 엄마인 웅녀는 어떻게 곰에서 사람이 되었나요?"

"바보였던 온달이 어떻게 장군이 되었나요?"

앞의 두 질문엔 말문이 턱 막혔지만, 뒤에 나온 질문은 조금 느려도 떠오르는 줄거리가 있고, 머릿속에 그려지는 장면이 있죠? 굳이 기억하려 하지 않아도 인상 깊게 남는 것. 이런 게 바로 말로 설명하긴 어렵지만, 우리의 몸으로 느끼는 이야기의 힘이랍니다. 그래서 오래전부터 우리는 이야기를 만들어 왔는지도 모르겠네요.

왜 하필 소설일까?

이제, 소설에 대해 이야기해 볼까요? 이야기가 매력적이고 힘이 세다는 건 알겠는데, 이야기를 전달할 수 있는 여러 글쓰기 방법 중 왜 하필 소설을 쓰자는 걸까요?

소설은 서사의 집약체이기 때문이에요. 먼저 서사라는 말을 알아야겠죠? 서사는 말하는 사람(글 쓰는 사람)이 어떤 사건의 전개 과정을 개연성 있게, 그러니까 이유가 타당하고 연결이 자연스럽게 전달하는 양식이에요. 그럼, 이야기는 뭘까요? 우리가 주고받는 말들이 모두 이야기예요. 어떤 사물이나 사실, 현상에 대하여 일정한 줄거리를 가지고 말한다면 다 이야기가 될 수 있죠. 하지만 줄거리가 있다고 해도 일상적으로 나누는 이야기들만으로는 서사가 되질 않습니다. "구슬이 서 말이라도 꿰어야 보배"라는 속담을 알고 있죠? 이야기가 구슬이고 이를 꿰어냈을 때 얻는 보배가 서사라고 생각하면 이해하기 쉬울 거예요. 우리에게 오래도록 남아있는 작품들, 예를 들면 《삼국유사》에 실린 단군신화도 단지 이야기가 아니라 서사의 형태로 엮었기 때문에, 우리 기억에서 쉬이 사라지지 않은 것입니다. 풀어서 설명하자면 '환웅과 웅녀의 아들 단군이 고조선을 건국하였다'는 이야기에 사건과 인과관계 등을 덧붙여 서사로 만들어낸 것이, 우리 머릿속에 박혀있는 단군신화인 것이죠. 다시 말해 일상에는 수많은 이야기가 존재하지만, 그 이야기들이 모두 소설이나 작품이 되는 것은 아닙니다. 일상적으로 일어나는 이야기가 소설이나 기억에 남는 작품으로 거듭나기 위해선 '서사로 엮어내는 과정'이 필요한 것이죠. 서사를 부여하는 법을 연습하기에 가장 좋은 방법이 바로 소설 쓰기입니다. 그중에서도 단편소설을 써보는 것이에요. 글쓰기를 단편소설로 시작해야 하는 이유는 본문에서 자세히 다룰게요.

한 가지 알아둘 점은 서사를 만들고 완성하는 힘은 소설 쓰기에만 필요한 게 아니라는 거예요. 웹소설과 웹툰을 비롯해 다양한 방식으로 이야기를 풀어나가려면 서사가 있는 글을 쓸 수 있어야 합니다. 아울러, 유튜브를 기획하거나 짧은 영상을 찍을 때도 반드시 서사가 담겨야죠. 어떤 사람들은 요즘 이야기가 너무 넘친다고 합니다. 확실히, 예전보다는 이야기를 접할 수 있는 매체가 늘어난 게 사실입니다. 하지만 모든 이야기가 재미나고 흥미롭지는 않을 겁니다.

또한 소설은 우리 자신의 이야기를 담고 있습니다. 소설을 읽다가 정말 흥미로운 감정을 느낀 적이 있어요. 지구 반대편, 핀란드의 고등학생이 나오는 소설에서 기시감을 느낀 겁니다. 배경이나 주변 환경이 다른데도 그 사춘기 학생의 고민거리가 제가 고등학생 시절 생각하고 느낀 고민의 지점과 거의 일치했던 거죠. 미국의 플로리다에 살고 있는 제 조카들은 중학생, 고등학생입니다. 이들이 제게 들려주는 이야기 역시 학창 시절에 제가 겪었던 문제와 크게 다르지 않습니다. 이처럼 다르면서도 비슷한 우리 주변의 이야기가 소설의 소재가 됩니다. 이야기들을 모아서 몇 가지 규칙대로 가공해 만들어낸 것이 바로 소설이라고 할 수 있죠. 소설은 지어낸 것이지만 동시에 삶에 관련된 현실성을 가지기도 하죠. 그래서 흔히 소설을 인간의 서사시라고도 합니다. 그러니까 가상의 이야기라고 해도 소설은 우리가 겪는 현실을 가장 잘 보여준다고 할 수 있습니다. 우리의 삶을 이해하고 극복하면서 앞으로 나아가기 위해서 소설이 필요한 것이죠.

좀더 교과서적인 이유를 대자면, 소설 쓰기는 문장력, 어휘력 그리고 상상력을 높여줍니다. 글로 남을 설득하려면 문장력과 어휘력을 모두 가지고 있어야 해요. 읽는 사람들의 눈길을 사로잡기 위해서는 익숙한 단어를 나열하는 것으로는 부족하거든요. 때로는 낯선 단어를 써서 흥미를 유발해야 하고, 그런 단어를 사슬처럼 연결한 문장을 통해 사람들을 내 글 속에 가둬야만 합니다. 무엇보다도 다른 사람들이 읽기 쉬우면서도 긴장감을 잃지 않는 문장을 쓰는 것이 중요하죠. 소설을 쓰다 보면, 독자에게 이 글이 어떻게 읽힐지를 무엇보다 많이 생각하게 됩니다. 소설은 공지문처럼 단순히 정보 전달용 글이 아니기 때문에 글의 경제성만을 고려해서는 안 됩니다. 글의 분위기나 성격에 따라 사용하는 단어들도 조금씩 달라야 하죠. 소설을 써가는 이 모든 과정에서 일상적인 글쓰기, 즉 우리가 흔히 쓰는 자기소개서나 독후감에서는 경험하기 어려운 부분까지도 느끼고 감각을 키워나갈 수 있습니다. 이 과정에서 문장력은 물론 어휘력까지 좋아지는 것이죠.

아울러 소설을 읽고 쓰는 것은 상상력과도 이어져 있습니다. 창의적 사고, 창의적 인재가 필요하다고 말하는 뉴스나 기사, 아니면 어른들의 말을 한 번쯤 들어본 적이 있죠? 인공지능 시대에 접어든 요즘에는 상상력과 창의력이 더욱 중요해졌습니다. 이전에는 공상과 망상에 불과하다고 여겼던 우주여행이나 로봇과의 공존이 현실로 다가오기 때문일까요? 이젠 한 사람의 상상력이 세상을 바꿀 씨앗이 된다고 생각하는 경우가 많죠. 게다가 게임이나 영화, 뮤직비디오에서까지 상상력에서 비롯된 세계관을 소비하고 즐기는 시대인 만큼 상상력을 키우는 것이 더욱 중요한 시기라고 생각합니다. 한 가지 확실하게 말할 수 있는 건, 소설을 쓸 때 상상력이 정말 커진다는 것입니다. 소설 쓰기가 상상력을 키워주죠. 세상에 없던 인물과 배경, 사건을 만들고 그것들을 유기적으로 엮어내는 소설 쓰기야말로 어떤 일보다 내 안에 묶여있던 생각과 상상 주머니를 열어내는 일이니까요. 어떤 한계도 틀도 존재하지 않는 공간에서 나만의 세계와 규칙을 만들어갑니다. 내 안에 있는 상상의 문을 열고 들어가는 경험은 시험공부나 유튜브 시청, 음악 듣기에서는 할 수 없는 소설 쓰기만의 고유한 장점이자 매력인 것이죠.

소설가가 된 이유

여기서 잠깐 제 이야기를 해볼게요. 저는 왜 소설가가 되었을까요? 일단 글을 쓰는 게 좋습니다. 특히, 소설은 살아가면서 느낀 감정이나 일상의 내용을 적는 에세이와는 좀 달라요. 현실에 기반했지만, 실화가 아니라는 점이 매력 있습니다. 하고 싶은 말을 못 하고 살지는 않지만, 왠지 남에게 내보이고 싶지 않은 묘한 감정이 들 때가 있잖아요. 소설이 지어낸 이야기라는 것을 방패막이 삼아 내 속에 담아뒀던 말이나 생각을 풀어낼 때 느끼는 해방감이 있어요. 게다가 소설을 쓰면 막연히 구상한 상상이 이야기로 구체화되는 게 좋습니다. 사실 머릿속에 처음 떠오른 생각은 '망상'에 가깝습니다. 앞뒤도 맞지 않고, 기승전결이 뚜렷하지 않으니까요. 그걸 차곡차곡 정리해서 기승전결 구조를 갖춘 이야기로 만들어내면 엄청나게 짜릿한 쾌감을 느낍니다. 마치, 출구를 알 수 없는 미로를 정처 없이 헤매다 마침내 탈출한 기분이랄까요. 소설가는 작품을 마감했을 때 가장 기뻐요. 끝냈다는 기쁨뿐만 아니라 이야기를 완성하고 마무리 지었다는 짜릿함과 해방감도 느끼기 때문이랍니다.

저는 성인이 된 이후 몇 가지 직업을 경험했어요. 그중 글 쓰는 일이 가장 편안했습니다. 작가가 되기 직전 직업인 바리스타도 나쁘지 않았지만(커피를 맛있게 만들었어요!), 아무래도 나이가 들면 하기 힘들겠다는 생각이 들었어요. 반면, 작가는 오래 할 수 있을 거란 생각이 들었습니다. 정년퇴직이 없으니까요. 실력이 없으면 결국 독자들이 외면한다는 점이 가장 두려웠지만, 이것도 나쁘지는 않았습니다. 만약 경쟁에서 뒤처

지지 않으면 다른 사람들이 은퇴할 나이에도 계속해서 글을 쓸 수 있으니까요. 글쓰기와 관련 없는 것(학벌, 재력, 인맥 등)은 신경 쓰지 않고 글쓰기 실력에만 집중하면 되는 게 좋았습니다. 서울대 출신이나 고등학교 졸업생이나 똑같죠. 남성이건 여성이건 상관없고, 나이도 관계없습니다. 소설가에게는 오직 글을 잘 쓸 수 있느냐와 책이 잘 팔릴 수 있느냐만 중요합니다. 그러니까 글쓰기 실력만 있으면 성별, 외모, 학력, 출신 지역을 따지지 않습니다. 그런 조건과 상관없이 계속 글을 쓸 수 있어요. 글쓰기를 직업 삼아 생활을 꾸려나가는 겁니다. 언뜻 들으면 별거 아닌 것 같지만, 사회생활을 해보면 이게 엄청난 장점이라는 걸 알게 될 거예요. 그야말로 자신의 실력대로 성과를 거두고 평가를 받을 수 있죠.

이 책의 뒤표지를 보세요. 바코드가 보이고, ISBN 숫자가 적혀있을 겁니다. 그게 있는 책을 쓴 저자는 보통 온라인 서점에서 '나'를 검색할 수 있습니다. 그리고 포털사이트에서도 동명이인들 속에서 나를 찾아볼 수 있죠. 저도 2006년에 첫 책을 쓰고 난 이후에 검색해 봤어요. 동명이인 정명섭 말고 저를 온전히 확인할 수 있었습니다. 별거 아니라고요? 익명의 대중 속에서 '나'를 온전히 식별한다는 건 큰 장점입니다. 사실 이게 저에게는 작가가 되고 싶은 큰 이유였어요. 제 나름의 야

망이었죠. '나'라는 존재에 대해서 세상에 당당하게 얘기할 수 있으니까요. 이건 자기 이름이 박힌 책을 한 권 가지고 싶다는 생각과 비슷해요.

소설, 어디까지 알고 있니?

대체 소설이 뭔데?

"대체 소설이라는 게 뭐예요?"

이 단계에서는 이런 질문이 필요하겠죠? 소설은 한자로는 小說(소설)이고, 영어로는 Novel(노블)이나 Fiction(픽션)이라고 해요. 한자를 풀이하면 작은 이야기라는 뜻이고, 노블은 소설이라는 뜻 외에 새롭다는 의미도 있어요. 픽션 역시 소설 말고도 허구라는 의미가 있답니다. 허구란, 실제로는 없는 사건을 작가의 상상력으로 재창조해 낸 이야기라는 뜻이에요. 그러니까 소설은 작고 새로운 허구라고 볼 수 있겠네요. 각각의 뜻을 조합해 보면 소설이 무엇인지를 알 수 있습니다. 제가 생각하는 소설의 정의는 이렇습니다.

'현실을 기반으로 하는 기승전결을 갖춘 허구의 이야기.'

소설은 허구의 이야기이되 '현실 기반'이라는 명확한 테두리 안에서 진행됩니다. 소설에 귀신이 나오든지, 인간이 아니라 동물, 또는 다른 존재가 등장하든지 혹은 배경이 지구가 아니더라도 무조건 우리가 살고 있는 여기의 현실을 기반으로 한다는 게 소설의 암묵적 규칙입니다. 《반지의 제왕》이나 《왕좌의 게임》 같이 다른 세계를 배경으로 하더라도 나머지 요소들은 현실에 가깝게 세팅해야 합니다. 그래서 《반지의 제왕》의 경우 인간이 아닌 다른 종족들이 등장하지만, 시대와 장소는 유럽의 중세와 비슷하게 되어 있어요. 이것은 오래된 관습으로 책을 펼칠 때 독자들이 예상하는 범위를 아주 많이 넘어서면 혼돈을 주기 때문입니다.

'기승전결을 갖추었다'라는 말은 무슨 뜻일까요? 기승전결은 글자 그대로 시작과 전개, 절정과 결말을 뜻합니다. 고대 그리스의 희곡부터 현대의 작품까지 소설의 구조는 크게 변하지 않았습니다. 시작 부분에 주인공을 비롯한 주요 등장인물이 나오고(기), 그들이 각자 원하는 목표를 향해 가는 모습이 전개되며(승), 서로 다른 목표들이 충돌하면서 벌어지는 갈등이 드러나는 절정(전)을 맞이합니다. 그리고 갈등의 결론은 보통 주인공이 원하는 목표를 얻는 결말(결)로 이어집니다.

　그리스신화 중에 제가 가장 좋아하는 〈아르고호의 원정〉을 예로 들어볼게요. 이 이야기는 기승전결의 과정이 명확하게 드러나요. 주인공 이아손은 빼앗긴 왕위를 되찾고 싶어 해요. 그래서 지금의 조지아인 콜키스로 가지요. 거기서 황금 양털을 가져와야만 하거든요. 왕위를 되찾아야 하는 운명에 처한 주인공이 목표를 위해 모험을 떠나는 설정으로 이야기가 시작된 것입니다(기). 주인공 이아손은 다른 영웅들과 함께 아르고호를 타고 항해를 떠납니다. 그 과정에서 온갖 모험을 하고 고난을 겪게 되죠. 결국 콜키스에 도착하는 데 성공합니다(승). 하지만 콜키스의 왕 아이에테스는 황금 양털을 걸고 이아손에게 어려운 임무를 맡깁니다. 그것은 불가능한 임무였지요. 이아손은 왕의 딸 메데이아의 도움으로 임무를 완수합니다(전). 역시 그녀의 도움으로 황금 양털까지 손에 넣었지요. 마침내 주인공은 왕국으로 돌아오는 데 성공합니다(결). 주인공이 머나먼 콜키스로 갈 수밖에 없었던 이유, 가는 길에

겪었던 고난, 그걸 이겨내는 모습, 무사히 황금 양털을 가져오는 마무리. 이렇게 기승전결 구조가 완성됐어요. 다만, 마지막에 이아손은 도움을 줬던 메데이아를 배신하면서 몰락합니다. 결국 왕위에서 물러났고, 가족들마저 잃은 채 떠돌게 됩니다. 그러다가 콜키스로 모험을 떠날 때 탔던 아르고호를 발견하고 그 아래서 잠이 듭니다. 아마, 모험을 떠났던 시절을 떠올렸겠죠. 하지만 아르고호의 선미(배의 뒷부분)가 부러지면서 이아손은 거기에 깔려 죽고 맙니다. 전형적인 그리스 비극을 보여주는 마지막 부분을 제외하면 오늘날 우리가 볼 수 있는 흔한 모험 이야기와 비슷합니다. 우리가 본능적으로 재미있다, 흥미롭다고 느끼는 이야기가 이미 수천 년 전부터 그 형태가 완성됐던 겁니다.

소설뿐만 아니라 영화와 드라마, 만화 같은 콘텐츠 모두 같은 방식으로 진행됩니다. 바로 기승전결이죠. 이것이 인간이 흥미를 느끼는 최적의 이야기 방식입니다. 그것도 수천 년 동안 검증된 방법이죠. 소설을 쓴 지 얼마 안 된 초창기 때는 이런 구조가 답답하고 낡아 보였어요. 그래서 여러 가지 방식을 시도해 이 구조를 깨보려 했지만 모두 실패하고 말았습니다. 그러니까 일단은 이 방식대로 따라가는 게 좋습니다.

분량에 따라 나뉘는 소설

소설의 장편과 중편, 단편은 어떻게 구분할까요? 친구들이 짐작한 대로 분량에 따라 나뉩니다. 우리가 서점에서 보는 한 권의 책에 하나의 이야기가 들어가는 게 장편입니다. 구체적인 분량은 일반적인 소설 기준으로 먼저 말할게요. 예전에는 200자 원고지로 대략 1000매 분량의 소설을 장편소설이라고 했습니다. 최근에는 700매 정도까지도 장편이라고 분류합니다. 중편은 딱 정해진 분량이 없습니다. 장편소설과 단편소설의 중간쯤 되는 분량의 소설을 중편소설이라고 합니다. 장편이 1000매였던 시절에는 대략 500매에서 600매 정도면 중편소설이라고 불렀는데, 최근에는 400매 정도를 중편으로 보기도 합니다.

장편이나 중편은 책 한 권으로 묶을 수 있습니다. 단편은 일반적으로 200자 원고지 150매 이내의 분량을 말하는데요, 책한 권을 채우기에는 부족한 분량이죠. 그래서 한 작가가 쓴 여러 개의 단편을 묶어서 출간하는 게 일반적입니다. 아니면 여러 작가의 단편들을 모아서 한 권으로 출간하기도 해요. 저는 전자를 '단편집'이라 하고, 후자를 '앤솔러지'라고 부릅니다. 둘 다 단편집이라고 하는 게 맞지만, 구성이 완전히 다른 둘을 구분하기 위해 그렇게 부릅니다. 앤솔러지는 그리스어 '앤톨로기아(anthologia)'에서 유래되었습니다. '꽃을 모았다'라는 뜻인데요. 참 잘 어울리는 단어예요. 소설 종류 중에는 엽편이라고 부르는 초단편도 있어요. 나뭇잎에 비유될 정도로 분량이 적다는 의미입니다. 비슷한 의미에서 손바닥 소설이라는 명칭으로도 불립니다. 여기까지는 일반적인 소설을 분량에 따라 나눈 것입니다.

청소년을 위한 소설은 기준이 다릅니다. 일단 청소년 소설은 경장편이라고 불러요. 약간 짧은 장편이라는 거지요. 예전에는 200자 원고지 700매 정도가 기준이었지만, 최근에는 역시 분량이 적어져 500매에서 600매 정도 되면 경장편이라고 봅니다. 단편은 대략 100매에서 120매 정도입니다. 보통 단편소설보다 분량이 살짝 적지요. 청소년 소설은 장편의 분량도 짧아서 따로 중편을 구분하지는 않습니다.

분량에 대해 자세히 얘기한 이유는 익숙해져야 하기 때문입니다. 글을 쓸 때 필요한 분량만큼 쓰도록 유의해야 하거든요. 장편이라고 무작정 길게 쓸 수 없어요. 단편이라고 너무나 짧게 쓸 수도 없고요. 기승전결의 구조를 갖추고, 현실과 허구의 비율을 맞추는 것만큼 분량에 맞춰 글을 쓰는 것도 중요합니다. 미래에 작가가 되고 싶다면 잘 기억해 두는 게 좋아요. 하다못해 인스타그램에 글을 쓸 때도 글자 수 제한이 있는 걸 생각해 보면 분량의 중요성을 알 수 있겠죠?

장르에 따라 나뉘는 소설

자, 분량에 대한 이야기는 이 정도로 하고 장르 얘기를 해볼까요? 장르(genre)는 프랑스어예요. 사전적인 의미는 '갈래와 형식'입니다. 쉽게 얘기하면 로맨스, SF, 판타지, 추리, 스릴러 같은 글의 분류를 뜻합니다. 웹소설을 좋아하는 친구들은 이런 장르 구분이 친숙하죠? 조금 더 살펴볼까요?

로맨스는 다들 알다시피 사랑 이야기를 다루는 장르예요. 두 인물 사이에서 벌어지는 감정적인 변화(사랑에 빠지거나 사랑이 식는)가 서사의 중심축이 됩니다. 한국 드라마나 소설에서 많이 보이는 장르 중 하나입니다. 제가 소개할 여러 장르 가운데 가장 대중적이죠. 또 꾸준히 사랑받는 분야라고 생각합니다. 인기 드라마 〈성균관 스캔들〉의 원작인 《성균관 유생들의 나날》이나 원작 소설과 같은 제목으로 방영됐던 드라마 〈날씨가 좋으면 찾아가겠어요〉도 생각이 나네요. 세계적인 희곡 《로미오와 줄리엣》도 빠질 수 없고요.

다음은 SF와 판타지. 이 장르의 작품들은 공상의 영역을 다룹니다. 현실에는 아직 존재하지 않는, 구현되지 못한 일을 상상으로 그려내는 분야입니다. 최근에 천선란, 김초엽 작가 등 젊은 작가들이 많이 쓰는 장르이기도 하고요. 소설 《듄》이나 영화 〈아바타〉를 좋아하거나 혼자 상상, 공상하는 걸 좋아하는 친구들이라면 판타지와 잘 맞을 거예요.

마지막으로 추리와 스릴러도 살펴볼게요. 이 둘은 제가 좋아하는 장르인데요, 하나의 사건이 발생하고 그 사건을 해결하기 위한(보통 범인을 찾기 위한) 인물들의 분투를 보여주는 게 이 장르의 주된 서사입니다. 다들 한 번쯤 들어봤을 《셜록 홈즈》를 만들어낸 아서 코난 도일이나 《용의자 X의 헌신》을 쓴 히가시노 게이고가 대표적인 추리 스릴러 장르의 저자랍니다.

예전에는 이런 장르 기준이 더 명확했어요. 하지만 최근에는 점점 의미를 잃어가는 상황이랍니다. 장르를 넘나드는 다채로운 작품들이 많아지는 추세이니까요. 하지만 여전히 모든 문학엔 장르가 있습니다. 글을 좋아하고 글쓰기를 시도하는 친구라면 반드시 이 장르 중에 하나 혹은 두 개를 좋아할 것입니다. 글을 쓸 때도 자연스럽게 자기가 좋아하는 장르에 도전하게 마련이죠. 저 역시, 미스터리와 역사를 좋아해서 두 개의 장르가 융합된 미스터리 역사물로 첫 장편을 썼습니다. 친구들 역시 저처럼 좋아하는 장르를 골라서 쓰게 될 거예요.

논외로 문학을 구분하는 기준이 하나 더 있는데요, 간단히 소개해 볼게요. 바로 순수문학과 장르문학입니다. 이때의 '장르'는 앞서 설명한 작품의 여러 갈래와는 좀 다른 의미입니다. 순수문학은 예술적 가치를 추구하는 문학으로, 흥미 위주의 대중문학, 통속문학과 구별되는 작품들을 말해요. 근대 이후 일본 문단에서 처음 사용한 특이한 용어인데요, 상업성보다는 저자의 순수한 예술적 감흥을 바탕으로 만든 작품들이라고 생각하면 됩니다. 반대로 장르문학은 대중의 흥미와 기호를 중시한, 추리, 무협 같은 특정한 유형의 문학작품을 이르는 말입니다. 하지만 최근에는 이런 분류의 선이 희미해졌어요. 장르문학이라고 해서 예술성이 떨어지는 것은 아니라며 이런 구분에 대해 반박하는 의견도 있답니다. 이런 단어들을 어디선가 보았다면, 그냥 이런 것도 있구나 하고 넘어가면 되겠습니다.

짧은 소설 쓰기 시작해 보자

자, 이제 남은 할 일은 단 하나입니다. 바로 쓰기! 저와 함께

한 단계씩 나아가며 단편소설을 써볼 거예요. 왜 하필 단편소설이냐고요? 먼저 단편소설로 시작해야 하는 이유가 있어요. 무엇보다 글을 쓰는 경험을 빠르게 할 수 있거든요. 이 책을 여기까지 읽은 이유가 그거였죠? 글을 쓰고 싶은데, 잘 쓰고 싶은데 어떻게 하면 되는지 궁금해서 미치겠다는 거 다 알고 있어요. 20여 년 전의 제가 딱 그랬으니까요. 이제 제가 방법을 알려줄게요.

단편소설을 먼저 써야 하는 가장 큰 이유는 분량의 압박이 적기 때문입니다. 분량의 부담이 적은 단편부터 시작하는 게 여러모로 도움이 돼요. 채워야 할 분량이 많으면 집필하는 중간에 포기하게 되거든요. 또 분량이 짧아야 글을 쓰면서 얻는 노하우를 비교적 빠르게 알 수 있어요. 단편에도 기승전결과 캐릭터 설명, 배경 설정 등이 반드시 들어가기 때문에 습작은 단편으로 해보길 추천해요.

또 다른 장점도 있어요. 자신이 잘 쓸 수 있는 글을 찾기 쉽다는 겁니다. 글을 쓰다 보면 종종 자신이 쓰고 싶은 글과 독자들에게 인기 있는 글이 다를 때가 있어요. 이런 상황에서는 설득이 거의 불가능해요. 대부분 저자들은 자신의 꿈을 위해서 글을 쓰기 때문에 이 단계에서 독자를 고려한 글쓰기를 해야 한다는 식의 현실적인 조언은 귀에 들어오지도 않지요. 들으려고 하지 않거든요. 단편을 통해 시행착오를 겪으면서 글을 쓰는 힘을 키우고, 경험을 쌓는 것이 중요하죠. 단편을 쓰는 과정에서 나에게 부족한 것, 더 채워 넣어야 할 것을 하나하나씩 느끼고 바꿔나가는 것이 중요합니다. 그렇게 단편을 통해서 글쓰기에 관한 두려움을 떨쳐버리고 경험을 쌓으면 다음으로 나아가기가 한결 쉬워집니다.

소설 쓰기와 친해지는 법?

재능보다 중요한 것

소설을 잘 쓰는 데 중요한 것은 바로 '타고난 재능'입니다. 이게 무슨 김빠지는 소리냐고요? 슬프지만 글을 쓰면서 겪는 많은 문제가 재능을 통해 해결돼요. 그래서 어떤 친구는 초등학생 때 책을 내고, 어떤 친구는 중학생 때 등단하기도 하죠. 하지만 안타깝게도 저는 그런 재능이 없어요. 어쩌면, 아니 아마도 친구들 역시 마찬가지일 겁니다. 그럼, 재능이 없는 사람은 소설 쓰기를 포기해야 할까요? 절대 그렇지 않습니다. 제가 늘 하는 얘기가 있어요. 아마 전 세계에서 가장 글 잘 쓰는 사람은 중국 어딘가에서 농사를 짓고 있을 겁니다. 그다음으로 글을 잘 쓰는 사람은 인도에서 릭샤를 몰고 있겠지요. 재능이 있어도 쓰지 않으면 소용이 없다는 의미입니다. 물론 재능이 중요하지만, 재능이 다 해결해 주지는 않아요. 재능이 없어도 글을 쓸 수 있고요. 저처럼 재능 없던 작가도 이제는 글을 곧잘 쓰고, 전업 작가로 활동하고 있으니까요. 물론, 제게 재능이 있다고 얘기해 주시는 고마운 분도 있었지만요. 재능이 없어도 글을 잘 쓰게 되는 일급비밀을 알려줄게요.

글(소설)쓰기에 있어서 재능보다 중요한 건 바로 '글과 친해지는 것'입니다. '글이랑 친해진다는 게 무슨 뜻이지? 어떻게 하면 글과 친해질 수 있을까?' 하는 생각이 들 텐데요, 친구를 사귀는 것과 비슷하다고 보면 돼요. 친구가 되려면 그만큼 가깝게 지내고, 일상을 공유하거나 함께해야 해요. 그런 사이가 되기 위해서는 내가 먼저 다가가고, 함께 시간을 보내야 하잖아요? 그런 것처럼 일상에 글쓰기를 녹여낸다고 생각하면 됩니다. 아직 어렵죠? 자 그럼 좀더 명확하게 말해 볼게요.

소설 쓰기와 친해지기 1: 습관과 습작

첫 번째 방법은 바로 꾸준히 많이 쓰는 것입니다. 뻔하고 당연한 말이지만 이를 실천하느냐 못 하느냐가 엄청난 결과의 차이를 가져온답니다. 실제로 글쓰기의 거장인 헤밍웨이나 하루키는 매일 정해진 시간 동안 글을 쓰는 것으로 유명하죠. 저 역시 글쓰기를 습관처럼 합니다. 지금이야 전업 작가라서 원할 때 글을 쓸 수 있지만, 직장 생활을 할 때는 그런 시간을 내기가 어려웠어요. 그래서 틈나는 대로 글을 쓰려고 노력했죠. 그게 나중에 글 쓰는 습관으로 굳어졌습니다. 그 습관 덕분에 전업 작가로 활동할 수 있었지요. 아무리 좋은 생각과 아이디어, 플롯이 있어도 글로 적지 않으면, 결코 소설이 될 수 없습니다. 그러니까 소설 쓰기와 친해지는 첫걸음은 글쓰기 습관, 즉 일상의 루틴에 글쓰기를 끼워 넣는 것이죠. 아침에 일어나면 친구에게 카톡을 하는 것처럼요. 글쓰기는 꾸준히 해야 성과가 나오는 공부 같아요. 어느 한순간 마음먹고 시작하기보다는 습관으로 만들어 놓아야 한답니다. 시나 소설을 연습 삼아 써보는 것을 습작이라고 하는데요. 매일 습작하는 습관은 소설 쓰기와 친해지기 위해 갖춰야 하는 자세랍니다. 운동선수들, 바둑기사들이 본 시합을 위해 매일 끊임없이 연습하는 것처럼 글쓰기도 치열하게 꾸준히 써보는 경험이 매우 중요합니다.

습작할 때 기억할 것이 하나 있어요. 앞서 친구를 사귀는 것처럼 소설 쓰기와 친해지라고 말했죠? 친구와 가까워졌다고 해도 사이가 내내 좋을 수는 없어요. 가끔 틀어져서 싸우기도 하고, 며칠 동안 안 볼 때도 있죠. 그러다가 한쪽이 미안하다고 하면 다시 가까워집니다. 글쓰기도 비슷해요. 다만 글은 결코 마음씨 좋은 친구는 아니에요. 오히려 변덕쟁이에 가깝죠. 어떤 날에는 술술 잘 풀리는 것 같다가도 또 어떤 날에는 쳐다보기도 싫을 정도로 마음을 답답하게 할 때가 많거든요. 그럴 때면 '내 친구가 잠깐 심통을 부리는 거다' 라고 생각하면서 마음을 다스리고 다시 손을 내밀어 보시길 바라요.

글을 쓰는 것에 익숙해지고, 습관이 든 뒤에도 위기가 찾아와요. 내가 쓴 글을 다시 읽어보면 글이 마음에 들지 않을 거예요. 글이 별로 좋지 않다는 걸 깨닫는 순간이 분명히 생기거든요. 하지만 그 사실에 너무 부담을 느낄 필요는 없어요. 이것 역시 소설과 친해지는 과정 중 하나일 뿐이니까요. 2003년, 저는 글을 쓰기로 결심했어요. 그때부터 2006년까지 습작을 했지요. 그동안 약 20편 정도의 장편을 썼어요. 그중에는 책으로 나오거나 세상에 공개된 작품이 없답니다. 더 나은 작품을 쓰기 위해 버리는 셈 치고 글을 썼어요. 어떻게 보면 꿍장히 비효율적이지만 후회하지는 않습니다. 그 시절이 없었다면 지금처럼 글과 친해지지 못했을 테니까요.

소설 쓰기와 친해지기 2 : 독서

 좋은 글을 쓰기 위해서는 반드시 많은 양의 책을 읽어야 합니다. 책은 다른 작가들이 몇 날 며칠을 고심하여 쓴 문장들과 다양한 발상이 담긴 노력의 산물이죠. 여러 작가의 개성이 담긴 문체와 사건 전개 방식을 볼 수 있는 좋은 기회이고요. 그러니 독서는 많이 할수록 좋습니다. 저 역시 추리소설과 역사소설을 읽다가 글을 쓰기 시작했어요. 많은 작가들이 저처럼 독서가였다가 글 쓰는 작가가 되었답니다.

 특히 자신이 관심 있는 장르의 책은 꼭 여러 권 읽어보길 추천합니다. 장르의 특성과 규칙을 이해하기 위해서는 해당 장르의 작품을 많이 읽어야 합니다. 그럼, 이쯤에서 장르별로 읽어보면 좋을 대표작을 소개할게요. 추리소설은 코난 도일이 쓴《셜록 홈즈》시리즈와 애거사 크리스티가 쓴 에르퀼 푸아로가 나오는 작품(《오리엔트 특급 살인》,《나일강의 죽음》,《스타

일즈 저택의 죽음》 등)을 읽어보길 추천합니다. 호러는 스티븐 킹이 쓴《그것》을 읽어봐요. 광대 공포증이란 현상까지 만들어낸 역작이라 할 수 있습니다. SF는 아이작 아시모프의《파운데이션》같은 작품을 보면 됩니다.

자신이 어떤 분야에 관심이 있는지 아직 모른다면, 평소 읽던 책이나 책꽂이에 꽂혀있는 책들을 한번 쭉 보세요. 가장 많이 꽂혀있는 장르가 바로 자기가 좋아하는 장르입니다. 그런데 사실 장르에 대한 구분은 어떻게 보면 쓸데없는 말장난입니다. SF 팬덤에서는 영화〈스타워즈〉가 '하드 SF(우주탐사 SF)'인지 '스페이스 오페라'인지를 두고 논쟁이 있었습니다. 저는〈스타워즈〉가 재미있어서 봤지, '하드 SF'라서 혹은 '스페이스 오페라'라서 본 것은 아닙니다. 여러분도 그렇지 않나요? 게다가 요즘엔 역사와 미스터리가 결합한 미스터리 역사물처럼 두 장르의 특성을 다 갖고 있는 작품도 엄청나게 많습니다. 한 작품 안에 다양한 장르가 혼합된 사례가 많아서 일일이 언급하는 게 이상할 정도입니다. 호러 장르 안에 로맨스나 미스터리가 들어가는 식이죠. 다만, 해당 장르에 대한 일반적인 특징은 알아놔야, 여러 장르를 섞어 쓰건 하나의 장르로 쓰건 문제가 일어나지 않습니다. 그러니까, 글을 쓰려면 책을 많이 읽어야 합니다. 반드시.

책을 많이 읽어서 장르를 잘 이해하게 되면 글쓰기가 엄청나게 쉬워질까요? 그렇진 않습니다. 소설을 쓰고 싶은데 책을 많이 읽어도 여전히 막막하고 글쓰기 자체가 어려울 수 있어요. 그땐 글을 쓰는 방법을 알려주는 작법서를 읽어요. 작가가 진행하는 글쓰기 강좌를 들어봐도 좋아요. 저는 무작정 글을 쓰기 시작했지만, 아무런 준비도 없이 곧바로 글쓰기를 시작하면 시행착오를 많이 겪을 수밖에 없어요. 그러니까 차근차근 준비하는 게 중요합니다. 제가 소개한 방법(습작과 독서)을 실천하면서 차분하게 기초를 쌓아야 진정 내가 원하는 글을 쓸 수 있어요.

자! 이제 글쓰기를 위한 기초적인 준비는 끝났어요. 어떤 생각이 드나요? 어렵다는 생각이 들면 이 부분을 한 번 더 읽어 봐요. 해볼 만하다 싶으면 다음 장으로 넘어가면 됩니다. 중요한 건 꺾이지 않는 마음이랍니다. 그러니까 기운 내서 글쓰기에 도전해 보세요.

기승전결

:어떤 이야기를 써야 할까?

아이디어나 소재가
떠오르지 않아요

글쓰기의 첫걸음, 소재 찾기

글을 쓰려고 마음먹어도 글이 바로 술술 써지지는 않아요. 넘어야 할 산이 많지요. 그 첫 번째 산이 바로 소재와 아이디어를 찾는 일입니다. 글을 쓰겠다고 결심한 사람이라면 누구나 마주하게 되는 거대한 벽이죠. 막상 글을 쓰려고 보니 어떤 걸 쓸지 정해 놓은 게 없어 우왕좌왕하는 경우가 많답니다. 그래서인지 글쓰기 강의를 진행하거나 독자들과 만났을 때, 글의 소재를 찾는 방법에 관한 질문을 많이 받아요. 사실 글을 쓰기로 결심하고 좋은 소재까지 찾았다면 글쓰기는 90% 이상 완성된 것이나 다름없어요. 그만큼 소재 찾기가 어렵고 중요하답니다. 특히 단편소설은 아이디어(소재)로 승부를 보는 경우가 많은 편이죠. 그러니 글쓰기 과정에서 '좋은 소재 찾기'는 아무리 강조해도 지나치지 않습니다.

글에 쓸 소재는 도대체 어디서 찾을까요? 사실 멀리 갈 필요는 없습니다. 대체로 친구들 머릿속에 들어있거든요. 놀리거나 장난치려는 게 아닙니다. 미처 의식하지 못했을 뿐, 글을 쓰기로 마음먹었을 때 이미 머릿속엔 어떤 장르의 글을 어떻게 쓸지 떠올렸을 거예요. 그럼에도 우리가 글을 바로 시작하지 못하는 이유는 두려움 때문입니다. 그 소재로 글을 썼다가 망할지도 모른다는 두려움입니다. 이 걱정에 대해 명쾌한 대답을 줄까요? 글쓰기에 있어서 가장 크게 망하는 건 글을 재미없게 쓰는 게 아닙니다. 글을 안 쓰는 거죠. 글을 쓰는 과정은 변화라는 선을 넘는 것으로 비유될 수 있답니다. 글을 쓰기 전과 후의 운명이 달라진다고도 할 수 있는데요. 제가 그랬고, 주변에서 글을 쓰기 시작한 사람들 역시 그랬어요. 그러니 망할지도 모른다는 두려움은 일단 접어두세요. 선을 넘으세요.

만약 두려움 때문이 아니라면, 내 안에 있는 소재를 발견해 구체화하는 방법을 몰라서 시작이 어려운 것일 수도 있습니다. 머릿속 깊은 곳에 숨은 소재를 어떻게 발견해 이끌어내면 좋을까요?

일단 주변을 돌아보세요. 처음부터 너무 멀리서 찾을 필요는 없어요. 주변에서 일어난 사소하지만 재미난 사건들, 인상적인 친구의 모습, 학교에 떠도는 흥미진진한 소문이 모두 이야깃거리가 될 수 있답니다. 그런 것을 보고 겪을 때마다 느낀 감정을 적어보세요. 일기장이나 낙서장에 편하게 쓰는 거예요. 그리고 시간이 날 때마다 그 글을 다시 읽어봐요. 그러면 쓰고 싶은 이야기가 어렴풋이 떠오를 거예요. 최근에 목격한 흥미로운 사건이나 사람들의 관심을 끌었던 일을 키워드만 나열해 봐도 좋아요. 포스트잇이나 메모지에 단어들을 적어놓고 생각하다 보면 갑자기 어떤 이야기가 떠오를 수 있답니다. 그럼, 소재 찾기에 대해 좀더 깊게 파고 들어가 볼까요?

소재들의 보물 창고, 뉴스/기사

써보고 싶은 소재가 떠오른다고 해서 바로 글쓰기를 시작하지는 않아요. 먼저 관련된 자료를 찾아봐야 하거든요. 상상은 현실을 기반으로 하지요. 그래서 일단 현실에서 벌어진 일을 알아두면 상상력을 쥐어짜는 데 도움이 됩니다. 그렇다면 글쓰기의 소재가 되는 현실의 사건은 어디서 찾을까요? 제가 애용하는 것은 바로 신문입니다. 예전에는 정보를 얻으려면 반드시 신문을 찾아봐야 했어요. 요즘은 인터넷으로 손쉽게 많은 뉴스 기사를 볼 수 있어서 종이 신문은 잘 보지 않습니다. 그런데 제가 추천하는 방법은 바로 예전에 종이로 발간됐던 신문들을 보는 것입니다. 장담하건대 옛날 신문은 소재의 보물 창고입니다.

현재 벌어지고 있는 사건들은 소재로 다루기에 어려운 측면이 있어요. 현재 진행 중인 사건을 다루면 법적인 문제에 노출되거나, 피해자의 트라우마를 자극하는 등 다양한 문제가 생길 수 있습니다. 물론, 문학은 모든 소재를 다룰 수 있어야 하고 글쓰기는 자유로워야 하지만 굴레와 속박이 전혀 없는 건 아닙니다. 특히, 관계자에게 심리적인 타격을 줄 수 있는 소재라면 더욱 조심스럽게 다뤄야 합니다. 나에게는 흥미로운 글쓰기 소재가 당사자에게는 고통스러운 기억일 수 있어요. 이 점을 명심해야 합니다. 그래서 되도록 오래전 이야기를 살펴보길 추천해요. 옛 사건에도 현재의 사회문제와 관련된 이야기를 풀어낼 소재가 많습니다. 오래된 신문 기사를 어떻게 찾냐고요? 방법은 아주 간단합니다.

네이버 뉴스 라이브러리 – newslibrary.naver.com

1920년대부터 1990년대까지 여러 신문사의 기사가 PDF 파일로 정리되어 있습니다. 오래된 신문이라 보기가 좀 어렵고 한자가 많긴 해요. 다행히 해당 기사에 마우스 커서를 올리면 번역된 글을 볼 수 있어서 어느 정도는 이해할 수 있답니다. 일제강점기나 현대가 배경인 작품을 쓴다면 이건 반드시 봐야 할 자료예요. 한 번에 모두 보려고 하지 말고 매일 시간을 두고 천천히 살펴보는 게 좋아요. 저도 하루에 쓰기로 정해둔 분량의 글을 다 쓴 후에 읽어보거나 글을 쓰다가 지치면 들어가서 살펴봅니다. 날짜별로 볼 수 있고, 검색을 통해서도 찾아볼 수 있어요. 물론, 신문사별로 나눠서 보는 것도 가능하고요.

오래된 기사, 작은 광고도 살펴보기

오래전 기사를 보는 이유는 앞서 얘기한 문제와 깊은 연관이 있습니다. 과거의 사건에서 소재를 찾으면 법적인 문제를 비롯해 글쓰기에서 파생되는 여러 어려움을 피할 수 있거든요. 그리고 시대의 흐름을 파악해 두면 현대에서 소재를 찾거나 새로운 아이디어를 짜내는 데도 도움이 됩니다. 이런 식으로 알아둔 사소한 정보가 나중에 큰 도움이 될 수 있어요. 예를 들어 시대마다 부정선거에 쓰인 뇌물이 달랐습니다. 1950년대에는 막걸리와 고무신이었고, 1980년대에는 휴대용 가스레인지였습니다. 네, '부루스타'라고 불리던 바로 그 물건입니다. 이야기 속에서 1980년대에 관한 짧은 얘기를 할 때 이 소재를 쓸 수 있습니다. 그 시대를 이해할 수 있는 장치로서 말이죠.

옛 신문을 볼 때는 신문 하단에 있는 광고까지 같이 보길 바랍니다. 예나 지금이나 광고는 그 시대를 이해하는 열쇠 같은 존재거든요. 글쓰기 전 자료 조사는 이렇게 차곡차곡 해나가야 합니다. 어느 순간 갑자기 뭔가 기가 막힌 아이디어가 떠올라서 명작을 써내는 건 거의 불가능에 가깝습니다. 저도 20년 동안 습작과 창작을 했지만 그런 적은 없었습니다. 정말 오랫동안 자료를 보고 또 보면서 고민하는 중에 번개처럼 아이디어가 떠오른 게 대부분이었어요. 사람들은 과정의 마지막에 번쩍 떠오른 번개에만 관심을 기울이지요. 하지만 오리가 물

밑에서 발을 필사적으로 움직여 몸을 띄우는 것처럼 겉으로 드러나지 않더라도 소재와 자료를 찾는 꾸준한 노력이 글쓰기 과정에 꼭 필요합니다. 어떤 장르를 쓰든, 어느 시대를 쓰든 네이버 뉴스 라이브러리에 나오는 신문들은 읽어봐야 해요. 글쓰기 습관에는 자료 조사도 들어가니까요.

현대나 전근대를 배경으로 하는 건 이렇게 해결한다 치고, 그 이전 시대는 어떻게 할까요? 예를 들어 조선 시대는 신문도 볼 수 없고, 조선 후기를 제외하고는 영상이나 사진도 별로 없어요. 사실, 자료 조사를 하다 보면 둘 중 하나일 때가 많아요. 자료가 필요 이상으로 많거나, 터무니없이 부족하거나. 저는 처음에 살펴볼 자료가 적으면 편할 것 같아서 삼국시대를 선택했어요. 그런데 없어도 너무 없는 게 문제였지요. 오히려 더 고생했던 기억이 나네요. 반대로 조선 시대의 경우 봐야 할 자료가 어마어마하게 많습니다. 당장 《조선왕조실록》만 보더라도 분량이 어마어마하거든요.

조선왕조실록 – sillok.history.go.kr

국사편찬위원회 홈페이지에서 《조선왕조실록》 전체를 볼 수 있어요. 실로 방대한 분량이고, 전부 보려면 재미없는 글을 진짜 몇 달은 봐야 할 겁니다. 저는 조선의 건국부터 임진왜란이 끝난 직후까지 봤는데, 거의 석 달이나 걸렸어요. 지금 같으면 그런 식으로는 보지 않을 것 같아요. 그러니까 무리하지 말고 궁금하거나 작품 쓰는 데 필요한 시대를 콕 집어서 보는 걸 추천합니다. 검색창에 검색어를 넣어서 찾아봐도 되고, 한 임금의 즉위부터 승하까지 쭉 보는 것도 재미있습니다. 참고로, 처음에 읽기 시작할 때 세종대왕은 피하세요. 임금의 말을 적은 내용이 많고, 신하들의 상소문 분량도 상당히 길어서 읽다가 지치거든요. 조선이 건국된 뒤 일어난 중요한 사건들이 몰려있는 태조 이성계부터 태종 이방원까지가 가장 재미있습니다.

흔히 조선 시대는 재미없고 고리타분한 시대라는 인식이 있는데요. 그건 임진왜란과 병자호란을 거친 이후의 일입니다. 조선 전기는 우리가 알고 있는 조선과 상당히 달라요. 사회 분위기가 역동적이고, 온갖 사건 사고가 많았습니다. 역사소설을 쓰고 싶은 사람들에게 조선 전기는 보물 창고나 다름없답니다. 그러니까 《조선왕조실록》을 시간 날 때마다 조금씩 꼭 읽어보세요. 강력하게 추천합니다. 글쓰기에 필요한 자료는 계속 찾고 또 찾아봐야 하니까요.

몇 번 강조하지만, 소재는 어느 날 갑자기 확 오는 게 아니에요. 꾸준히 자료 조사를 하다가 '이거다!' 싶은 게 나오는 거죠. 그게 언제 어떤 형태로 나올지는 아무도 몰라요. 그러니까 자료를 찾아 읽는 습관을 기르는 게 무엇보다 중요해요. 항상 눈을 크게 뜨고 자료들을 꼼꼼하게 읽어봐요.

┤ 미션 1 ├

첫 소설을 위한 소재를 찾아볼까요?

Q5

어떤 인물이 등장하면
좋을까요?

잘 키운 캐릭터 하나, 열 장편 안 부럽다

요즘 작가들이 농담 삼아 하는 이야기가 있습니다.

"잘 키운 캐릭터 하나면 열 장편 부럽지 않다."

예전에도 그랬지만 최근 들어서 캐릭터의 매력과 가능성이 더욱 중요해지고 있어요. 인물의 이미지를 보여줄 수 있는 영상물이 발달하면서 캐릭터의 중요도가 더욱 높아졌죠. 요즘

소설가들은 다른 출간 작가의 작품뿐만 아니라 만화, 영상을 포괄한 모든 콘텐츠와 경쟁합니다. 그런데 우리는 그 경쟁에서 아주 치명적인 약점이 있습니다. 바로 독자의 눈앞에 무언가 보여줄 수 없다는 것이죠. 책은 영화나 드라마와 달리 독자에게 이미지를 직접 보여줄 수 없어요. 오직 텍스트로 승부를 봐야만 합니다. 이 얘기는 소설가가 다른 콘텐츠 작가에 비해 핸디캡을 가지고 경쟁한다는 뜻이에요. 이런 상황에서 그나마 경쟁할 수 있는 부분은 스토리, 그리고 캐릭터입니다. 등장인물을 매력적이게 만들어서 독자들을 매혹해야 합니다. 그러기 위해서는 스토리만큼이나 인물에 대한 고민을 해야 하지요.

제 생각에 역사상 최고의 캐릭터는 바로 영화 〈스타워즈〉에 나오는 '다스 베이더'입니다. 검은 갑옷을 입고 압도적인 힘을 자랑하면서도 어딘가 사연이 있어 보이는 모습이 매력적이거든요. 게다가 숨겨진 사연은 다스 베이더가 바로 주인공의 아버지라는 것이었죠. 수십 년 만에 후속작이 나오면서 그에 대한 구체적인 스토리가 나왔는데요, 다스 베이더는 한때 촉망받는 제다이였지만 아내의 죽음을 비롯한 여러 사건을 겪은 뒤로 얼굴을 가린 악당이 되었다는 내용입니다. 제다이로 자라난 아들에게 결정적인 순간, 자신이 아버지라는 걸 털어놓으면서 비극적 사연은 완성됩니다. 〈스타워즈〉 초기 3부작은 그렇게 멋지게 마무리됩니다. 이후에 나온 3부작은 어떻게 보면 다스 베이더가 주인공이라고도 볼 수 있어요.

나쁜 악당에게 대적하는 흔한 이야기이지만, 〈스타워즈〉는 다스 베이더라는 잘 구성한 입체적인 캐릭터 하나로 콘텐츠에 어마어마한 생명력을 불어넣은 셈입니다. 그런 매력적인 캐릭터를 만들기 위해서는 고민을 많이 해야 합니다. 또한 글을 구상할 때부터 수많은 캐릭터를 분석하고 연구하는 것이 매력적인 캐릭터를 만드는 첫걸음입니다.

주인공 캐릭터, 이렇게 만들자

독자들의 눈과 마음을 사로잡을 캐릭터는 어떻게 만들까요? 일단 캐릭터의 역할에 따라 주인공과 빌런, 그리고 조연들로 나눠서 생각해 봐요. 이 중 가장 중요한 건 당연히 주인공이죠. 주인공이 매력적이지 않으면 독자들은 이야기를 더 읽을 이유가 없습니다. 또 서사의 '주인'이라고 할 수 있는 인물이 독자의 흥미를 끌지 못하면, 다른 등장인물과 사건의 흐름 속에 매몰되어 버립니다. 그렇게 되면 아무리 이야기를 견고하고 재미있게 창조해 내도 독자들은 그 이야기에 대해서 좋게 평가하지 않습니다. 누가 이야기를 이끌어가는지 알 수 없기 때문이죠. 따라서 주인공은 반드시 매력적이고 눈길을 끄는 인물이어야 합니다. 그런 주인공, 어떻게 만들까요?

대중들이 보편적으로 좋아하는 소설이나 영화, 드라마의 주인공을 떠올려 보세요. 시대에 따라 인기 있는 캐릭터가 다르다는 걸 알 수 있을 거예요. 예를 들어 2000년대에 인기를 끌었던 《해리 포터》 시리즈의 주인공 해리 포터는 '짠 내' 나는 서사를 가졌고, 다정한 친구들과 함께 문제를 해결했어요. 반면 요즘 인기 있는 웹 드라마 〈웬즈데이〉의 주인공은 독선적이고 기묘하면서 똑똑한 캐릭터이죠. 두 주인공의 직업과 가족관계, 특징, 성격도 비교해 볼까요?

해리 포터: 조실부모, 잠재력과 능력이 엄청난 마법사, 정의롭고 용감함, 친구들을 좋아함.

웬즈데이: 부모님을 싫어함, 순둥이 남동생이 있음, 미래를 보는 능력, 승부욕과 능력치가 높음, 시니컬함.

이렇게 적고 보니 인기 있는 캐릭터 사이에는 공통점이 있네요. 해리 포터와 웬즈데이 모두 잠재력과 능력치가 뛰어난

비범한 사람이에요. 대중들은 능력이 뛰어나고 외적으로도 준수한 주인공을 좋아하는 것 같지요? 하지만 주인공이 무조건 잘생기거나 예쁘고, 능력치가 최대한 높아야 하는 건 또 아닙니다. 주인공이 처음부터 너무 완벽하면 독자들의 흥미를 끌지 못해요. 오히려 조금 부족한 면이 있는 주인공이 구르고 고생하고 패배당하면서 성장하는 모습에 더 열광합니다. 스파이더맨이 바로 대표적인 성장형 캐릭터예요. 평범한 학생이 우연히 힘을 얻게 돼 그걸 어떻게 쓸지 고민하는 모습으로 보는 사람들의 흥미를 끌어요. 힘에는 책임이 따른다는 조언을 듣고, 정의를 위해 쓰기로 결심하면서 매력이 더욱 커지죠. 온갖 역경과 고난을 힘들게 이겨내고, 마지막에는 악당을 무찔러 관객에게 통쾌함을 안겨줘요. 너무 완벽해서 인간미가 없는 주인공보다는 이렇게 어려움을 이겨내는 주인공이 더 매력 있어요. 그러고 보니 그 완벽한 슈퍼맨도 크립토 나이트(슈퍼맨 이야기에 나오는 가상적 화학 원소) 앞에서는 맥을 못 추네요.

약점이 있는 주인공을 만들기 위해서는 거울 앞에 서야 합니다. 맞아요. 처음에는 자신을 모델로 해서 주인공을 창조해보세요. 성격을 가장 빨리 파악할 수 있고, 실존 인물이기 때문에 나름 현실성이 완벽하며, 수정도 얼마든지 가능하거든요. 예를 들어 저는 민준혁과 안상태라는 캐릭터를 가지고 있습니다. 저와 닮은 면이 있고, 안 닮은 면도 있지만 어쨌든 저의 영향을 받은 건 확실합니다. 외모와 성격, 성별을 비슷하게 만들고, 자신의 성격 중 한두 가지를 빼거나 더하는 걸로 시작해 봐요. 조심스럽게 예상해 보자면, 아마 굉장히 재미있을 거예요. 저는 시놉시스를 주로 컴퓨터로 썼어요. 하지만 캐릭터, 특히 주인공 캐릭터를 정할 때는 포스트잇을 애용해요. 주인공의 특징을 드러내는 간단한 단어를 여러 개 적었다가 나중에 살펴보고 필요 없는 건 버리는 거죠. 남겨진 포스트잇을 보면서 주인공의 성격을 창조해 내요. 성격이 정해지면 그에 걸맞은 외형도 생각하기 쉬워요. 예를 들어 농구를 좋아하는 주인공이라면 에어 조던 운동화를 주로 신고 다니고, 키가 좀 큰 편이라고 소개하는 식이죠.

하지만 작가가 본인의 성격과 외모만 가지고 주인공 캐릭터를 완성할 수는 없습니다. 그럴 때는 주변을 한번 돌아보세요. 가족이나 친구의 특징 중에 캐릭터로 쓸만한 요소를 발견할 수 있을 거예요. 예를 들어볼까요? 코난 도일이 쓴《셜록 홈즈》가 바로 그런 사례예요. 코난 도일이 셜록 홈즈 캐릭터를 창조해 낼 때 롤모델로 삼은 사람은 스승인 조셉 벨 교수였대요. 에딘버러 병원의 의사였던 조셉 벨 교수는 자신을 찾아온

환자들의 말투와 생김새, 옷차림을 보고 출신지나 직업을 맞히곤 했습니다. 그걸 지켜보던 코난 도일이 탐정 셜록 홈즈라는 캐릭터를 만들어 그 특징을 고스란히 반영했습니다. 예를 들어 이야기 속에서 어떤 사람이 모자를 잘 벗지 않고 권위적이며 딱딱한 말투를 쓰는 것을 보고는 셜록 홈즈가 그 사람의 직업이 군인이라는 것을 알아차리는 식이죠.

'셜록 스캔'이라고 부르는 이 방식은 과학수사가 발달하지 않았던 시절엔 유용했어요. 지금도 탐정의 실력을 드러내거나 사건을 해결해야 하는 주인공의 능력치를 보여주는 장치로 사용되지요. 《셜록 홈즈》에서 이 능력은 괴짜 탐정의 독단적인 성격과 맞물려 불멸의 캐릭터 탄생에 큰 역할을 했어요. 후대 작품들에도 막대한 영향을 끼쳤지요. 똑똑하지만 사회성이 부족한 탐정과 어딘가 덜떨어져 보이는 조수의 조합은 대개 셜록 홈즈와 왓슨의 캐릭터에서 시작됐다고 볼 수 있어요. 제 소설에 나오는 탐정 민준혁과 조수 안상태 역시 두 캐릭터의 조합을 응용해서 만들었습니다. 그러니까 항상 주변을 잘 관찰하도록 해요. 눈에 띄는 성격이나 특이한 행동을 발견하면 기억해 둬요. 나중에 정말 어떻게 써먹을지 모르니까요.

주인공을 매력적으로 만드는 또 다른 중요한 장치는 바로 '그럴듯한 이유'입니다. 영화나 드라마는 물론이고 소설 속에서 인상 깊은 주인공에겐 대개 중요한 목표가 있습니다. 성공하거나 혹은 실패하거나 상관없이 말이죠. 앞에서 독자들은 성장형 주인공을 좋아한다고 했어요. 주인공이 성장하기 위해서는 목표, 다른 말로는 미션이 있어야 합니다. 처음에는 불가능할 것 같은 미션이 주어져요. 하지만 역경과 고난 속에서도 주인공은 포기하지 않고 이겨내죠. 이때 주변의 도움을 받거나 행운을 만나는 과정도 잘 풀어내야 해요. 이를 통해 주인공이 정신적, 육체적으로 성장하는 모습을 보여주는 거죠. 그러니까 주인공에게 어떤 형태의 미션을 줄지 시놉시스만큼이나 깊게 고민해 봐야 해요.

몇 가지 간단한 팁을 알려줄게요. 일단 살인사건을 해결하는 인물이 경찰이나 형사인 것은 추천하지 않습니다. 너무 당연하거든요. 봉준호 감독의 영화 〈괴물〉을 보면 한강에 나타난 괴물을 물리치는 건 경찰이나 군대가 아니에요. 가족을 납치당한 평범한 소시민들이었죠. 누군가 납치당하면 경찰이 구해주고 어디에 불이 나면 소방관이 불을 꺼요. 그런데 경찰이나 소방관이 아닌 주인공이 납치범을 찾거나 불을 꺼야 한다면 그럴만한 명백한 이유가 있어야 하는 거죠. 주인공의 외형이나 성격도 이 미션 수행 과정에 맞춰야 하고요. 그러니까 주인공 캐릭터를 만들 때는 외형, 성격만큼이나 미션을 어떻게 해결할 것인지도 중요하게 생각해야 해요.

소설의 숨은 감초, 빌런

그럭저럭 주인공 캐릭터가 만들어졌다면 다음은 빌런입니다. 빌런은 악당 혹은 대적자라는 뜻인데, 최근에 중요도가 엄청나게 높아진 존재예요. 주인공이 매력적인 것은 물론이고, 이제는 빌런도 주인공 못지않게 매력적인 인물이어야만 합니다. 참 쉬운 게 없죠? 어렵더라도 우리 같이 한번 만들어 볼까요?

먼저, 앞서 설정한 주인공 캐릭터와 미션에 대적하는 인물로 악당 캐릭터를 만들어야 합니다. 대개 악당은 주인공의 앞을 가로막는 역할을 해요. 소설을 읽는 독자 대부분이 주인공 입장에서 상황을 바라보기 때문에 주인공이 하는 일을 방해하는 인물은 당연히 악당이겠죠? 그래서 빌런 캐릭터 역시 미션과 관련이 있어야 합니다. 정확하게는 주인공의 미션을 가로막는 일을 할 능력과 이유가 있어야 해요. 이건 생각보다 간단합니다. 주인공이 목표를 이루지 못하게 방해하는 존재니까 그에 맞는 목표와 이유를 만들면 되는 거죠. 예를 들어 주인공의 목표가 납치된 여자친구를 구하는 것이라면 악당은 그 여자친구를 납치하는 게 목표이고, 그래야만 하는 이유가 필요한 겁니다. 누군가의 의뢰로 돈을 받고 납치하거나, 예전에 벌어졌던 어떤 사건 때문에 원한을 품고 일을 저지를 수도 있겠죠. 아니면 알고 보니 여자친구가 어떤 이유로 악당과 거래를 해 발생한 일이라는 반전으로 나아가도 됩니다.

　단순히 주인공을 방해하고 대적하는 것만으로는 제대로 된 악당이라고 할 수 없어요. 허술하거나 애매하게 주인공을 방해해선 별 효과가 없습니다. 아주 살벌하고 능숙하게 주인공에게 타격을 입혀야 악당이란 칭호를 받을 수 있어요. 그러니까 빌런은 주인공처럼 성장형 캐릭터여서는 안 됩니다. 물론 악함의 정도가 더 심해질 수는 있습니다. 하지만 무조건 처음부터 나쁜 짓에 능숙해야 한다는 걸 기억해 두세요. 초반부터 주인공을 압도하고 좌절시킬 수 있도록 말이죠. 이런 과정이 있어야 주인공도 성장할 계기와 동력을 얻을 수 있고, 마지막에 주인공이 이겼을 때 독자들에게 더 큰 기쁨과 짜릿함을 줄 수 있으니까요. 《해리 포터》 시리즈를 떠올려 볼까요? 주인공인 해리 포터는 갓 학교에 입학해 기초 마법을 배울 때부터 졸업반이 되어 볼드모트에 대적할 때까지, 몸도 마음도 마법 실력도 꾸준히 성장하는 전형적인 성장형 캐릭터입니다. 반면 빌런인 볼드모트는 해리 포터가 아주 어렸을 때부터, 이미 모두가 두려워하는 강한 마법사로 이름을 날린 인물입니다. 게다가 세상을 자신의 손아귀에 넣기 위해 온갖 악한 짓을 하는 마법사죠. 그런 자신을 막으려는 주인공 해리 포터를 방해하기 위해 자신의 수하들을 시켜 끊임없이 해리와 그가 사랑하는 많은 이들, 이를테면 시리우스 블랙이나 도비를 죽음에 이르게 합니다. 이렇게 살펴보니 어떤가요? 《해리 포터》 시리즈처럼 세계적인 소설에서도 비슷한 빌런 캐릭터 설정 규칙이 적용되는 것 같죠?

단, 여기서 한 가지 고려해야 할 점이 있습니다. 악당이니까, 당연히 나쁜 짓을 저질러야겠지만 그렇다고 마구잡이로 나쁜 짓을 하는 악당은 설득력이 없습니다. 악당에게도 사연이 필요해요. 사실 현실에서는 나쁜 놈이 나쁜 짓을 하는 데 딱히 이유가 없지요. 하지만 소설 속에서는 이유 없이 악행을 저지르는 악당은 기계적이고, 냉혈한으로만 비치기 때문에 크게 매력적이지 않답니다. 보통 소설이나 작품 속 메인 빌런의 행동은 해당 작품의 핵심 서사와 연결될 확률이 높아요. 그래서 쉽게 이해하거나 납득하기 어려운 악당의 행동은 사건, 나아가 작품 자체의 매력도까지 떨어뜨릴 수 있답니다. 보통 머리 좋은 악당 밑에는 말없이 행동으로 보여주는, 비중이 크지 않은 부하들이 나와요. 이런 부하들이 시키는 대로 악행을 저지르죠. 하지만 앞서 말했듯 메인 빌런의 경우는 이런 설정을 피하는 게 좋습니다. 소설에서 악인의 서사를 구체적으로 보여주지 않더라도 한 인물이 빌런이 될 수밖에 없었던 이유를 설정할 필요가 있습니다.

악당은 나쁜 짓을 저지르고, 주인공의 앞을 가로막아요. 머리가 좋거나, 힘이 세거나, 돈이 많을 수도 있어요. 때론 세 가지 능력이 모두 필요하죠. 영화 〈배트맨〉의 조커는 전형적인 머리 좋은 악당입니다. 반면, 소설 《초한지》의 항우는 힘이 센 타입이죠. 어떤 타입이든지 주인공은 성장형으로 하고, 악당은 완성형으로 만든다는 걸 명심하세요. 빌런도 주인공 캐릭터를 만들 때처럼 메모지에 생각나는 단어를 적는 것부터 시작해 봐요.

| 미션 2 |

**소설을 멋지게 빛내줄 주인공과 빌런을
만들어볼까요?**

세계관과 배경은
어떻게 구상하죠?

세계관, 꼭 필요할까?

'세계관'은 주인공이 존재하는 공간 혹은 세상을 뜻합니다. 만약 그게 현재의 현실이거나 이미 존재했던 과거라면 그냥 작품 배경이라고 지칭해도 괜찮아요. 이미 그 시공간이 존재하기 때문이죠. 하지만 《반지의 제왕》이나 《왕좌의 게임》 같이 현실에 존재하지 않는 판타지 시공간이 배경이라면 이야기가 달라집니다. 아이작 아시모프의 SF 소설 《파운데이션》 시리즈처럼 우주를 배경으로 한다면, 새로운 세계관을 만들어야만 해요. 최근에는 '유니버스'라는 말도 많이 사용해요. 마찬가지로 주인공을 비롯한 등장인물들이 활동하는 배경이 되는 세계를 뜻하죠. 세계관은 사건이나 인물처럼 이야기 진행에 직접적인 영향을 끼치지는 않아요. 그러나 배경이 이야기를 끌고 가는 중요한 설정이 되는 예도 있어서 아주 상관없다고 볼 수는 없죠. 예를 들어 드라마와 게임으로도 히트한 안제이 사프콥스키의 판타지 소설 《위처》 시리즈는 중세와 비슷한 시대 배경이지만 마녀와 괴물이 존재해요. 이 세계관에서 주인공은 인간이 아닌 존재와 싸워야 해서 현실 세계에는 존재하지 않는 특별한 능력을 지니고 있습니다. 이런 식으로 세계관은 그 세계를 구성하는 인물들에게 막대한 영향을 미치기 때문에 세심하고 꼼꼼하게 정리해야만 합니다.

작품 속 세계관은 어떻게 만들까요? 일단 세계관이 필요한지 안 필요한지를 먼저 생각해 봐요. 만약 내가 다니는 현재의 학교가 배경이라면 학교 이름과 장소, 그리고 사건이 벌어질 무대만 있으면 돼요. 독자들이 학창 시절을 보내고 있거나 이미 겪었기 때문에 시시콜콜하게 설명할 필요가 없어요. 시간적 배경 역시 서기 몇 년이라는 식으로 딱딱하게 밝힐 필요가 없겠죠. 스마트폰을 사용하는 모습을 보여주거나 인기 있는 아이돌 그룹을 언급하는 방식으로 얘기하면 됩니다. 만약 10~20년 전이라면 그 시절에 쓰던 휴대폰을 사용하는 장면을 넣어주면 돼요. 저 같은 경우는 TV나 라디오에서 소식을 전하는 장면을 넣어요. 그렇게 시대 배경을 설명하는 셈이죠.

만약 장르문학을 쓸 예정이라면 이야기가 달라져요. 그럼, 같이 세계관이 필요한 장르를 살펴볼까요? 가장 먼저 떠오르는 건 역시 판타지네요. 판타지의 세계관은 보통 용, 오크, 엘프 등이 인간들과 공존하고, 마법사의 마법이 사용되는 공간입니다. SF 작품도 새로운 세계관이 필요해요. 사람들이 가보지 못한 미래를 배경으로 하니까요. 무협 소설도 현실이 아닌 무림이라는 공간을 배경으로 하니까 세계관이 필요하겠네요. 역사적으로 실존했던 과거를 배경으로 하는 작품에는 별도의 세계관이 필요 없어요. 하지만 만약 실제 역사와 상관없는 가상의 역사를 창조해 낸다면 역시 세계관을 구상해야 합니다. 예를 들어볼게요. 조선 시대를 배경으로 하지만 실제 기록된 조선의 역사와는 다른 이야기가 펼쳐진다면 새로운 세계관이 필요하겠죠? 그렇다면 그 시공간이 '평행우주'인지 아니면 《반지의 제왕》 시리즈의 중간계처럼 새로운 세계관인지 최소한 작가의 마음속에서는 결정이 되어야 합니다.

매력적인 세계관의 시작은

세계관은 어떻게 구축할까요? 일단 어떤 장르를 쓸지 먼저 결정합니다. 그게 결정되면 눈에 보이는 환경, 공간적 배경을 생각해요. 사막이 무대라면 그 장소가 어떤 특징이 있는지 알아야겠죠. 그리고 어디까지를 배경으로 할지 범위도 결정해야 합니다. 예를 들어 우주가 배경이라면 우주선과 행성이 구체적인 장소가 되는 것입니다. 만약 마법사가 등장한다면 현실 공간은 아니겠죠? 가상의 판타지 시공간을 구성해야 해요. 이때 세계관의 베이스를 서양의 중세로 할지, 아니면 동서양을 합친 어떤 공간으로 할지 결정해야 합니다. 이렇게 눈에 보이는 배경을 만든 다음에 그 안에서 움직이는 동식물과 생명체들을 창조해 내야 합니다. 예를 들어 사막을 배경으로 하는 대표적인 작품인 프랭크 허버트 작가의 《듄》 시리즈에서는 거대한 모래 벌레가 등장해요. 이야기 속에 이런 존재를 등장시킬지 말지 결정하는 거예요. 또 마법사가 등장하는 판타지라면 마법을 익히기 위해서 마법사가 어떤 과정을 거치게 할지 고민해야 해요. 예를 들어서 '열다섯 살이 되면 요정들이 사는 숲으로 가서 마법을 익힌다'와 같은 규칙을 정하는 것이죠. 이때부터는 어딘가에서 본 것이 아니라 나만의 독특한 설정을 새롭게 만들어야 해요. 그렇지 않으면 다른 작품의 배경을 가져온 아류작이 되기 쉽고, 심하면 표절작이라는 얘기를 들을 수도 있으니까요.

새로운 설정은 평범한 상황을 뒤트는 것에서 시작돼요. 마법사 주인공의 스승은 보통 나이가 많은 노인이잖아요? 그걸 바꿔서 아예 어린아이를 등장시키면 살짝 반전을 줄 수 있어요. 또 마법사와 세트로 등장하는 게 용이잖아요? 하늘을 나는 용 대신에 가오리 같은 어류를 보여주는 것도 한 가지 방법이겠네요. 여기까지 오면 글 하나 쓴다고 세계관을 너무 정성껏 만드는 거 아니냐는 생각이 슬슬 들 겁니다. 사실 맞는 말입니다. 과하긴 하니까요. 하지만 특별한 세계관 안에서 펼쳐지는 이야기를 쓴다면 얘기가 달라져요. 세계관 자체가 이야기 진행의 뼈대가 되죠. 그러니까 세계관은 계속 구상하고 발전시킬 필요가 있답니다. 세계관은 이처럼 계속 만드는 수밖에는 없습니다. 무림이나 판타지의 세계관은 파면 팔수록 엄청나게 많이 나오기 때문에 언제까지 준비하고, 어디까지 써야 한다고 딱 잘라 말하기 곤란한 부분이에요. 참, 주의할 게 있어요. 단편소설과 장편소설의 세계관은 구축하는 방식이 달라요. 장편소설의 경우 세계관을 설명할 분량이 충분하니까 너무 몰아서 설명하지만 않으면 자세히 설명해도 크게 상관없습니다. 다만, 단편은 그런 여유를 부릴 수 없어요. 따라서 세계관을 따로 설명하기보다는 주인공을 비롯한 등장인물의 대화에 녹여내는 기술이 필요합니다.

세계관을 설정하고 구축하면서 주의할 점이 또 있어요. 바로 '설정병'인데요. 설정만 주야장천 하다가 결국 글을 쓰지 못하고 지쳐버리는 걸 바로 설정병이라고 해요. 의외로 글 쓰는 사람 다수가 걸리는 병이고, 한번 걸리면 글을 완성하지 못한 채 포기하고 마는 치명상을 입습니다. 세계관을 구상하는 데 한계는 없지만, 너무 무리할 필요는 없어요.

미션 3

어떤 장르의 소설을 쓸까요?
장르에 맞는 배경과 세계관을 고민해 봐요.

어떤 사건이 재밌을까요?

여기가 바로 사건 맛집

"이 책 페이지 터너예요. 재미는 보장합니다."

독자들에게 이런 평가를 받는 것만큼 저자에게 기쁜 일이
또 있을까요? 페이지 터너라는 말은 말 그대로 책장이 술술 넘
어갈 정도로 재미있는 작품이라는 뜻입니다. 사전적 의미로
는 '연주자의 옆에서 연주자 대신 악보를 넘겨주는 사람'이지

만, 출판이나 웹소설 시장에서는 '다음 상황이 궁금해서 독자가 빨리 다음 페이지를 넘겨보고 싶게 만드는 작품'이란 의미로 통합니다. 이야기가 페이지 터너라는 반응을 얻기 위해서 가장 중요한 요소가 무엇인지 혹시 알고 있나요? 매력적인 빌런? 섬세한 세계관? 물론, 인물도 배경도 중요하지만 그중 으뜸은 바로 '사건'입니다. 글이 재밌으려면 반드시 사건이 필요해요. 그리고 그 사건을 등장인물(주인공)이 해결하는 과정을 보여줘야 하죠. 사실상 인물들은 이야기 안에서 발생하는 사건과 관계가 있고, 그 사건에 의해 서로 연결된다고 봐도 무방합니다. 해결해야 하는 사건이 몸을 엄청나게 써야 한다면 주인공은 당연히 힘이 세거나 강해질 수 있는 캐릭터여야만 하죠. 반대로 머리를 써서 해결해야 하는 사건이라면 주인공은 똑똑하거나 기억력이 탁월한 지능형 캐릭터가 되어야만 합니다. 이것만 봐도 사건 설정이 얼마나 중요한지 알 수 있겠죠?

소설 속에 발생하는 사건은 장르에 맞게 벌어져야 합니다. 로맨스 소설을 쓰는데 뜬금없이 살인사건이 발생하거나, SF 소설을 쓰는데 너무 일상적이고 고리타분한 이야기를 하면 독자의 눈길을 끌 수 없어요. 물론 미스터리 장르에서 남녀 간의 사랑 이야기가 나오거나, 반대로 로맨스에서 무서운 사건이 발생할 수도 있어요. 장르는 단지 편의상 구분해 놓은 것일 뿐, 다른 장르와의 융합을 금지하는 건 아니니까요. 사건 자체는 장르에 얽매이거나 구속될 필요가 없어요. 다만, 그 사건이 내가 정한 소설의 장르가 무엇인지 모르게 할 정도로 경계를 벗어나는 것은 좋지 않습니다. 이 점을 꼭 염두에 두고 사건을 구상해 봐요.

사건, 만들지 말고 찾아라!

장르에 적합한 사건을 찾는 것은 어쩌면 소설 쓰기에서 가장 중요한 일일지도 모릅니다. 어떤 방법으로 사건을 찾아야 할까요? 눈치가 빠른 독자라면 여기서 제가 사건을 만들거나 창작한다고 하지 않고, 찾아야 한다고 말한 것에서 힌트를 얻었을 거예요. 이야기는 물론 창작해야 하지만 사건은 찾는 게 좋아요. 이게 무슨 말이냐고요? 현실에서 벌어졌던 일이나 실제 일어나는 사건을 다뤄야 한다는 뜻이죠. 장르에 따른 특성이나 시대적 배경에 상관없이 그렇습니다.

사건을 다른 말로 '갈등'이라고도 표현할 수 있는데요, 작품 속에 등장하는 인물들 사이에서 벌어지는 감정적, 물리적 충돌인 갈등으로 사건이 발생하는 것이지요. 여기서 잠깐 생각

해 보세요. 독자들은 모두 사람이고(사람이 아닌 독자는 생각만
해도 으스스하네요) 작품 속에 등장하는 캐릭터들도 대부분 사
람이죠(외계인이나 초능력을 지닌 캐릭터도 모두 인간과 가까운
모습이니까요). 우리가 쓰고 읽는 작품들은 모두 사람이 읽고
상상하고 즐기는 것이에요. 그래서 사람이 전혀 등장하지 않
는 조지 오웰의 《동물농장》 같은 작품에서도 등장하는 동물
들에게 인격을 부여해 그들이 인간들처럼 행동하고 갈등하는
모습을 보여주는 것이죠. 우리 상식선에서 크게 벗어난 낯선
갈등을 창조해 보여주면 과연 독자들이 편하게 즐기고 흐름
을 쉽게 이해할 수 있을까요? 아니겠죠. 그래서 사건을 만들
기보단 먼저 찾아보라고 말한 거예요.

　현실에서 벌어진 사건을 토대로 이야기를 구성하면 독자들
은 더 집중합니다. 어딘가에서 봤거나 혹은 있을 법한 이야기
라고 느끼거든요. 그러니까 사건의 소재는 항상 가까이서 현
실적인 것으로 찾아보세요. 설사 미래를 다루는 SF라고 해도
사건 자체는 현실적으로 그럴듯해야 해요. 인간의 본성은 과
거에 그랬던 것처럼 미래에도 크게 달라지지 않을 테니까요.
오히려 판타지나 SF처럼 현실이 아닌 특정 세계관을 배경으
로 한다면 소재는 더더욱 현실에서 찾아야만 해요. 대표적인
작품은 앞서 소개한 적 있는 《왕좌의 게임》 시리즈예요. 이 작

품은 '웨스테로스'라는 가상의 세계관이 있지만 그 안에서 벌어지는 사건들은 대부분 중세 영국의 내전인 장미전쟁에서 아이디어를 얻었죠. 이걸 모티브라고 불러요. 거듭 말하지만, 사건의 모티브는 현실에서 찾는 게 좋습니다. 그렇지 않으면 독자를 이야기 속으로 끌어들이기 어려울 거예요. 앞서 이야기 소재 찾기 편에서 알려드린 방법 기억하나요? 옛날 뉴스나 자료실을 요리조리 살펴보면서 흥미로운 갈등의 씨앗을 찾아봐요.

다만 흥미로운 사건의 모티브를 찾았다고 해서, 내 이야기 속 사건이 재밌다는 보장은 없습니다. 작품 속 배경, 인물과 얼마나 어우러지게 잘 풀어내는지가 무엇보다 중요하죠. 어떻게 사건을 풀어내야 이야기가 재미있을까요? 우선 사건은 주인공이 이루고자 하는 목표와 깊은 연관이 있어야 해요. '반드시'라고 말해도 좋아요. 그래야만 이야기가 긴박하고 흥미롭게 흘러갈 수 있거든요. 미스터리의 경우는 더욱이 난폭한 강도가 나오거나 무거운 사건이 벌어져야 추리하는 주인공의 목표가 확실히 정해질 수 있겠죠. 빌런도 그래야 나름의 목표가 생겨요. 사건을 저지르거나 혹은 배후에서 조종한 인물이 바로 빌런이니까 진실이 밝혀지는 걸 막아야만 하는 목표가 생기는 거죠. 이야기 내에서 주인공과 빌런이 충돌하는 지점이 바로 여기입니다. 미스터리나 스릴러의 경우 범인을 밝혀 내거나 붙잡는 과정이 주된 이야기이기 때문에 갈등 구조가 명확해요. 그래서 캐릭터의 중요도가 높아질수록 그걸 드러낼 수 있는 사건의 중요성 역시 높아진다고 볼 수 있어요. 그리고 주인공의 성격, 성향과 사건이 잘 어울리는지 살피고 조정하는 것도 매우 중요합니다. 《셜록 홈즈》에서 홈즈를 날카롭고 예민하고 똑똑한 인물로 설정했기에 단서를 찾기 어려운 문제들을 주된 사건으로 구성했어요. 이것이 전체 이야기 매력도를 높이는 데 도움이 되었죠. 내 주인공이 극복해 내기에 좀 아슬아슬하지만 결국 해결할 정도로 사건의 난이도를 조정하는 것이 중요해요.

장르별 사건 규칙

장르마다 작품 고유의 특색이 있고, 장르별로 등장하는 사건 역시 독자의 예상에서 크게 벗어나지 않아요. 그 점이 가장 두드러지는 장르가 바로 미스터리입니다. 일단 미스터리와 스릴러 장르에 도전한다면 신문의 사회면이나 인터넷 또는 유튜브에 나오는 각종 사건 사고 관련 기록과 영상을 잘 찾아보세요. 최근에는 범죄나 사건과 관련된 책이나, 유품 정리사처럼 특정 직업을 다루는 책도 출간되니까 꼼꼼하게 살펴보고요. 가끔 이런 질문을 받습니다. 미스터리 장르에 살인이 반드시 나와야만 하느냐. 저는 넣는 편이 도움이 된다고 생각해요. 왜냐하면 미스터리와 살인사건은 떼려야 뗄 수 없는 관계이기 때문이죠. 사건 사고 관련 뉴스에서 많이 나오기도 하고, 사회 고발 프로그램에서 압도적으로 많이 다루기 때문이죠. 무겁고 위험한 사건인 만큼 사람들의 주목도가 높을뿐더러 그중에 범인이 밝혀지지 않았거나 억울한 사람이 범인으로 누명을 쓴 사례도 적지 않으니까요. 미스터리의 하위 장르로 코지 미스터리라는 것도 있긴 합니다. 이 장르에서는 비교적 가벼운 사건, 그러니까 볼펜이 사라졌거나 라면이 없어진 것 같은 소소한 사건을 다룹니다. 하지만 상대적으로 눈길을 끌기 어렵다는 단점이 있어요. 거기다 분량이 짧아서 가급적 임팩트 있는 사건을 다뤄야 하는 단편에서는 빠르게 독자의 집중도를 이끌어 낼 강력한 사건을 놓치면 안 됩니다.

미스터리와 대척점에 있는 멜로나 로맨스에는 사건 자체가 존재하지 않는다고 말하는 이도 있어요. 언뜻 보면 맞는 얘기 같지만, 사실 로맨스는 연애 자체가 '사건'이에요. 서로 가치관이 다른 사람들이 만나서 감정을 나누고 사랑에 빠지는 건 굉장히 복잡하고 실패율도 높은 일이거든요. 독자의 관점과 경험에 따라 이것도 충격적이고 중요한 사건이라고 볼 수 있어요. 그래서 로맨스는 두 주인공이 티격태격하는 게 바로 사건이고, 대체로 실제 있을 법한 일로 이야기를 채우기도 해요. 주인공의 연애 과정과 비교될 만한 다른 커플을 배치하거나 주인공의 연애를 반대하는 캐릭터를 등장시켜서 둘의 관계를 끊임없이 흔들어줘야 합니다. 거기에 누구나 관심을 가질 만한 갈등 요소를 넣어주면 자칫 밋밋해질 수 있는 이야기가 확 눈길을 끌기도 합니다. 제 생각에 최고의 로맨스는 바로 《로미오와 줄리엣》이에요. 일단 서로 사랑할 수 없는 두 집안의 남녀가 만나는 이야기잖아요. 그래서 더 애틋한 분위기에 절절한 감정이 어우러지죠. 둘의 사랑은 극대화되고요. 비극적인 결말은 독자의 기억에 더욱 오래 남습니다.

SF 소설의 경우, 세계관이 다를 뿐 이야기를 이끌어가는 사건은 모두 현실 세계를 반영하고 있어요. 그렇지 않으면 가뜩이나 복잡하고 낯선 세계관 때문에 어려운 작품의 이해도를 크게 떨어뜨리고 말거든요. 사건들이 연이어 벌어질 때 처음에는 사건들 사이에 연결고리가 없는 것처럼 보이도록 해요. 각 사건의 연결고리는 나중에 보여주는 방법이 효과적이에요. 너무 복잡하고 어려우면 곤란하지만, 여러 사건이 꼬이고

얽혀야 이야기가 풍부해지거든요. 주인공이 겪는 사건과 주변 등장인물의 사건을 교차로 보여주면서 이야기를 진행해도 좋아요. 다만, 분량이 짧은 단편소설에서는 이런 진행은 피하는 게 좋아요. 주인공이 사건 하나를 풀어가기에도 분량이 부족할 수 있거든요.

─┤ 미션 4 ├─

찾은 사건을 적어봐요.
어떻게 풀어나갈지 고민하는 시간을 가져보세요.

기승전결

:어떻게 풀어내야 할까?

Q8

아이디어는 있는데
어떻게 시작해야 할지 모르겠어요

아이디어와 작품 사이, 시놉시스

저는 아이디어를 종종 '망상'이라고 얘기해요. 순간 번뜩이며 떠오르기 때문이죠. 아이디어는 형상화되어 있지 않고, 기승전결을 갖추지 못했어요. 그러니 떠오른 아이디어를 정리하는 단계를 거쳐야만 좋은 작품이 될 수 있어요. 장편이나 중편, 단편 모두 글쓰기를 시작하기 전에 반드시 해야 할 게 있습니다. 글을 잘 쓸 수 있다는 자기암시와 심호흡 같은 건 아니고요, 바로 시놉시스가 필요합니다. 그게 뭐냐고요?

시놉시스는 간단히 말해 줄거리(핵심 서사)를 정리해 놓은 것입니다. 이게 있어야만 글이 산으로 가지 않아요. 저도 초창기에는 정신없이 글을 쓰다가 원래 생각했던 것과 다른 방향으로 전개한 적이 많았습니다. 물론 그렇게 했더라도 어쩌다 좋은 글이 나올 수 있겠죠. 하지만 경험이 부족한 상황에서 시놉시스 없이 글을 쓴다면 망치는 경우가 많아요. 그러니까 시놉시스를 먼저 쓰고, 작품을 쓰는 게 좋습니다.

물론, 시놉시스 쓰기는 매우 귀찮아요. 한편으로는 짜증도 나지요. 저도 출판사에서 계약을 전제로 시놉시스를 요구하지 않았다면 쓰고 싶지 않았을 정도니까요. 하지만 결과를 놓고 보자면, 본격적으로 소설을 쓰기 전에 시놉시스를 반드시 써야만 합니다. 왜냐하면 글은 쓰면 쓸수록 불안해지거든요. 집을 떠나 어두운 길을 멀리 걸어왔는데, 내가 길을 제대로 가고 있는지 알 수 없다고 생각해 보세요. 그렇다고 돌아가기에는 너무나 멀리 왔어요. 이러지도 저러지도 못하는 거예요. 시놉시스는 우리가 이런 난감한 상황에 부닥쳤을 때 의지할 수 있는 등불이자 나침반 같은 존재입니다. 헷갈리거나 불안할 때 미리 써놓은 시놉시스를 다시 보면서 안정과 여유를 찾을 수 있어요. 또 기본적인 정보와 내가 구상한 소설의 뼈대를 적어놔야 단편이든 장편이든 후반부에 가서 흔들리지 않는답니다. 물론 반드시 시놉시스대로 쓸 필요는 없어요. 저도 쓰다가 이야기를 다른 방향으로 풀어낸 적도 많습니다. 그래도 시놉시스라는 기준이 있어야만 의도치 않게 샛길로 빠지는 걸 방지할 수 있다는 사실 꼭 명심하세요.

시놉시스, 별거 아니네

시놉시스는 어떻게 써야 할까요? 사실 정답은 없답니다. 글쓰기가 이래서 어려워요. 하지만 경험상 시놉시스를 어떻게 쓰는 게 좋은지 알려줄 수는 있어요. 우선 제목을 써야 합니다. 제목이 생각 안 나면 가제(임시로 붙인 제목)라고 덧붙이더라도 써야 해요. 그다음에는 이야기를 한 줄로 정리해서 써요. 저는 이걸 '한 줄 줄거리'라고 부르는데 정식 명칭은 로그 라인(log line)입니다. 낯선 말이죠? 원래 이 말은 문학에서 쓰는 용어가 아니라 할리우드에서 쓰던 용어입니다. 영화의 내용을 한 줄로 간단히 설명한다는 의미의 말이에요. 할리우드에도 제작자는 별로 없고, 영화 시나리오 작가나 감독은 많아요.

그래서 작가나 감독은 항상 제작자를 찾아다녀야 하죠. 제작자들과 어렵게 만나도 자신이 쓴 작품이나 만들고 싶은 영화에 대해서 짧은 시간 안에 설명해야 하는 거예요. 정식으로 브리핑하거나 작품에 대해 설명할 시간이 없지요. 대부분은 아주 짧게 얘기합니다. 예를 들어서 영화 〈에이리언〉 시리즈를 설명한다면 '우주판 조스'라고 얘기하는 식이에요. 로그 라인의 장점은 자기 작품에 대해서 설명할 준비를 해준다는 데 있습니다. 누군가 "요즘 뭐 쓰고 있냐?"라고 물어볼 때, 우물쭈물하며 자신감 없는 모습을 보이는 걸 막아주죠. 로그 라인 내지는 한 줄 카피를 쓰는 데 익숙하지 않아 어렵다면 천천히 시도해도 됩니다. 다만 반드시 익숙해지도록 노력해야 한다는 걸 기억했으면 좋겠어요.

제목과 로그 라인까지 쓰고 나면 이제 시놉시스의 본문으로 들어가야 합니다. 정해진 양식은 없어요. 다만 잘 써야 합니다. 시놉시스를 잘 써놔야 나중에 그걸 토대로 소설을 쓸 때 여러모로 도움을 받습니다. 예를 들어서 후반부에 접어들면서 글쓰기에 자신감이 떨어지는 순간이 옵니다. 그때 '내가 시놉시스를 이렇게 잘 썼지!' 하는 위안과 안도를 느낄 수 있어요. 시놉시스는 그만큼 잘 써야 합니다.

제목과 한 줄 카피를 쓴 다음, 본문을 쓸 때 반드시 지켜야 할 규칙이 있습니다. 첫 번째 줄, 혹은 첫 번째 문단 안에 반드시 주인공의 이름과 목표가 들어가야 한다는 겁니다. 그래야 시놉시스를 읽는 사람이 사건이 어떻게 전개될지 예상할 테니까요. 시놉시스에는 구체적인 장면 묘사가 필요 없습니다. 물론 필요하다면 대사를 쓸 수 있지만 꼭 필요할 때 한두 줄 넣는 정도면 충분합니다. 시놉시스에서 중요한 건 얼마나 흥미롭게 쓰느냐입니다. 그래서 시놉시스가 소설보다 쓰기 어렵다고 투덜거리는 작가들이 많아요. 저도 그중에 한 명이고요. 잘 쓴 시놉시스는 분량이 길 필요도 없습니다. 핵심적인 요약만 적으면 되지요. 위에서 말한 규칙대로 쓴 시놉시스 예시를 보여줄게요.

● 《교도소 살인사건》 시놉시스

—— 엄중하게 감시되고 있는 교도소에서 살인사건이 발생했다. 살인을 저지르고 무기징역을 선고받은 죄수가 독방에서 살해당한 것이다. 용의자는 간수를 포함해서 모두 세 명, 교도소장은 고민 끝에 공식 조사에 들어가기 전, 남은 열두 시간 안에 범인을 찾기로 한다. 이를 위해 전직 교도관이자 해결사인 남태수를 불러들인다. 남태수는 처음에는 제안을 거부하지만, 용의자 중 한 명이 자신과 원한이 있는 교도관이라는 사실을 알고 조사에 착수하기로 한다.

위의 시놉시스에서는 무슨 사건이 벌어졌는지 그리고 왜 해결사(주인공)가 투입되어서 사건을 조사해야 하는지를 보여줘요. 아울러, 열두 시간과 교도소라는 한정된 시간과 공간을 통해 글에 극적인 긴장감을 주기 위한 세팅도 되어있어요. 적어도 한 단락 안에 이 정도 내용이 들어가야 해요. 첫 문단에 이렇게 주인공의 이름과 목표, 사건 해결에 뛰어드는 이유 등을 담았다면 이후에는 주인공이 주어진 갈등을 어떻게 이겨내고 목표를 달성하는지 과정과 결과를 적어야 해요. 시놉시스를 이어서 볼까요?

───── 사건 해결을 위해 죄수로 위장해서 투입된 남태수. 하지만 들어가자마자 교도소에서는 폭동이 일어난다. 외부와의 연락이 끊기고 교도관들이 인질로 잡혔다. 남태수는 문제를 해결하기 위해 협상하자고 주장한다. 하지만 그 일로 인해서 오히려 의심을 사는 가운데 살인과 폭동의 이유가 밝혀진다. 교도소의 지하는 일제강점기 금괴를 보관하던 은행의 지하 금고가 있던 곳이다. 독방에 있던 죄수의 사망과 폭동은 금괴를 빼내기 위한 작전이었던 것. 뒤늦게 이 사실을 알게 된 남태수는 그걸 막으려고 하지만 교도소장이 한패라는 사실을 알아차리지 못한 채 위기에 처한다. 동료 죄수의 도움으로 위기를 넘긴 남태수는 물탱크를 터트려서 그

들의 음모를 막아낸다.

시놉시스를 얼마나 흥미진진하게 쓸지는 각자의 역량과 경험에 달렸습니다. 그러니까 시놉시스도 되도록 많이 써봐야해요. 참, 대체로 분량을 얼마나 써야 하는지 얘기해 주는 걸깜빡할 뻔했네요. 장편은 몇 페이지, 단편은 몇 페이지처럼 정확히 어느 정도를 써야 한다는 규칙 같은 건 없습니다. 일반적으로 쓰는 분량이 있긴 한데(A4 기준으로 장편은 3페이지, 단편은 0.5~1페이지) 그것도 시간이 흐르면서 변하거든요. 하지만시대가 바뀌어도 변하지 않고 중요한 건 앞선 장에서 이야기한 설정들이에요. 우리가 쓰려는 이야기의 중심축이 되는 인물과 배경 그리고 사건의 흐름, 이것들을 누가 보아도 이해하기 쉽고 흥미롭게 써내는 것이지요. 이번에 우리는 짧은 소설을 쓸 예정이니까 A4 0.5페이지에서 1페이지 분량으로 시놉시스를 작성하는 게 좋겠네요.

> **미션 5**
>
> **읽던 책을 잠깐 덮고,**
> **단편소설 시놉시스를 적어볼까요?**

첫 문장은 어떻게 적어요?

첫인상을 결정하는 첫 문장

단편이든 장편이든 첫 문장이 굉장히 중요해요. 독자가 책을 펼치고 작품과 처음 만나는 것이기 때문에 사람 사이의 만남에 비유하면 첫 문장은 첫인상이라고 할 수 있어요. 첫인상은 첫 만남 이후 인연을 이어가는 데 중요한 역할을 하지요. 첫인상이 좋으면 관계가 술술 풀리지만, 그렇지 못하면 인연을 더 이상 이어가지 못할 수도 있잖아요. 저도 사실 예전에는 첫 문장이 별로인 글은 읽지 않았어요. 그러니까 첫 문장의 중요성은 아무리 강조해도 지나치지 않습니다. 제가 생각하는 최고의 첫 문장은 김훈 작가의 소설《칼의 노래》에 나오는 문장입니다.

버려진 섬마다 꽃이 피었다.

작가는 언론과의 인터뷰에서 '꽃이'로 할지 '꽃은'으로 할지 오랫동안 고민했다고 밝혔어요. '꽃은'으로 바꿔볼까요?

버려진 섬마다 꽃은 피었다.

어떤가요? 두 번째 문장은 섬이 버려졌다고는 해도 꽃이 필 정도로 여유가 있다고 생각하게 하죠. 반면 첫 번째 문장에서는 버려진 섬에 어렵게 꽃이 피었다는 생각이 듭니다. 만약 이 문장이 소설의 중간 어딘가에 들어갔다면 이렇게까지 얘기가 되지 않았을 겁니다. 그랬다면 작가도 글씨 하나 가지고 오래 고민하지는 않았겠지요. 하지만 첫 문장이기 때문에 작가는 고심했고, 우리는 거기에 주목할 수밖에 없었죠. 이 사례에서 알 수 있듯이 첫 문장은 작품에 쓰인 다른 어떤 문장보다도 중요한 위치에 있답니다. 첫 문장은 독자를 작품 속으로 이끄는 길잡이이자 등불 같은 존재라고 할 수 있어요.

첫 문장의 함정 벗어나기

첫 문장, 도대체 어떻게 쓸까요? 제 생각에 첫 문장은 '대충' 쓰는 게 좋습니다. 앞에서 했던 얘기와 전혀 달라서 당황스럽 나요? 평소의 제 생각인데요, 첫 문장은 중요하기 때문에 오히려 얼른 쓰고 넘어가야 해요. 나중에 고칠 기회가 있으니까요. 독자는 우리의 최종 결과물만을 보게 됩니다. 글을 쓰면서 어떤 과정을 거쳤는지 알 수 없어요. 초고가 완성된 뒤 다듬어지는 과정에서 수없이 많은 단어와 문장이 사라지거나 혹은 바뀐다는 것을 짐작하지 못하지요. 오직 글을 써본 사람만이 그 과정과 느낌을 알 수 있습니다.

첫 문장은 독자에게 처음인 것처럼 작가에게도 처음입니다. 그러니까 이후에 어떤 글을 쓸지 전혀 알 수 없어요. 뒤에 무슨 내용을 적을지 확실히 결정하지 못했기 때문에 첫 문장에 뭐라고 쓸지도 정하기 어렵습니다. 그래서 첫 문장을 쓸 때는 작가들도 힘들어하지요. 그래서 저는 '첫 문장의 함정'을 얼른 벗어나야 한다고 주장합니다. 첫 문장을 잘 쓰려고 거기에 너무 매달려 버리면 뒤에 이어지는 글이 안 나올 수 있거든요. 생각이 안 나면 그냥 주인공이 얘기하는 문장으로 시작하는 것도 나쁘지 않아요.

조사 하나까지 중요하다고 했다가 막상 쓰는 법을 알려줄 때는 대충 쓰라고 해서 많은 친구들이 혼란을 느꼈을 겁니다. 제 말은 첫 문장의 역할을 강조하기 위해 사용한 반어법에 가까워요. 하지만 첫 문장에만 너무 매몰되어서는 안 된다는 말을 하고 싶어요. 첫 문장은 나중에 얼마든지 고쳐 쓸 수 있거든요. 실제로 고치게 되는 경우가 더 많고요. 그러니까 한 번에 너무 잘 써야 한다는 부담감은 버리세요. 얼른 글을 시작할 수 있도록 처음 생각나는 문장이나 대사로 채워 넣으세요. 제 경험상 그게 좋은 작품이 나오는 지름길이더라고요. 다른 글쓰기 관련 책을 읽다 보면, 간혹 멋진 첫 문장을 노트에 적어놓고 활용하라는 내용도 있어요. 하지만 제 생각엔 다른 문장은 몰라도 첫 문장은 머릿속에 기억해 두는 게 좋습니다. 또다른 책에서 본 좋은 첫 문장 같은 건 아예 잊어버리는 게 좋고요. 자칫하면 표절 문제가 발생할 수 있기 때문이죠. 작정하고 남의 글을 갖다 쓰면 당연히 표절이고, 어딘가에서 본 것을 무심코 써도 표절이 되거든요. 이 경우라도 사람들이 이해해 주는 건 아니니까 주의하는 게 좋아요. 그래서 저는 한창 글을 쓸 때는 국내 작가의 작품은 읽지 않으려고 해요. 혹시나 문제가 될 수 있으니까요.

정리하자면, 첫 문장은 아침에 일어나서 하품하는 것처럼, 배가 고플 때 식사하는 것처럼 자연스럽게 쓰면 됩니다. 이것 때문에 몇 날 며칠을 고민하는 것은 비효율이고, 제가 보기에는 낭비예요. 글을 쓰는 건 대단한 일이지만 한편으로는 아무것도 아닌 일입니다. 힘들고 어려운 일이지만 세상일 중에 쉬운 건 없다고 생각하면 그리 대단할 것도 없지요. 지나치게 의미를 부여해 버리면 나중에는 거기에 매몰되어서 아무것도 못 하거나 엇나갈 수 있어요. 괜히 김빠지게 하려는 게 아니고요, 그런 사례를 많이 봐서 특별히 당부하는 겁니다. 그러니까 첫 문장, 대충 생각나는 대로 적고 시작해요. 글을 쓰는 도중에 혹은 글을 완성한 뒤에 첫 문장으로 다시 돌아오면 돼요. 분명 멋진 첫 문장이 떠오를 거예요. 그때 고쳐도 절대 늦지 않답니다.

미션 6

첫 문장에 대한 두려움이 어느 정도 사라졌나요?
그럼 가볍게 어깨를 한번 털어주고
첫 문장을 써보세요. 고민하는 건 상관없지만
10분은 넘기지 말아요.

갑자기 사건이 발생하니까
어색한 것 같아요

이제부터 본격 시작, 빌드업

자, 첫 문장을 쓴 친구들 진심으로 축하합니다. 시작이 반이
라는 말이 있잖아요. 벌써 짧은 소설 쓰기에서 반이나 해냈습
니다. 하지만 여기서 방심하면 안 됩니다. 사건에 발을 들이는
지금이 바로 소설 쓰기의 성패를 좌우하는 중요한 지점이거

든요. 아무리 참신하고 매력적인 인물과 배경, 사건을 만들었어도 이 셋의 연결고리를 매끄럽게 걸지 않으면 이야기의 매력은 확 떨어집니다.

이야기의 초반에 반드시 넣어야 하는 것은 '이유'입니다. 캐릭터 설정 편에서도 언급했던 거라 조금 익숙하죠? 마찬가지로 사건 발생에도 명백한 이유가 있어야 해요. 다들 눈치챘겠지만, 사건과 인물은 떼려야 뗄 수 없는 관계이기 때문에 사건 발생의 이유가 곧 인물의 서사가 되는 경우가 많아요. 예를 들어 주인공이 은행을 털기로 결심하거나, 남의 집을 도둑질하려 한다면 당연히 그럴 만한 이유가 있어야죠. 단순히 돈이 없다는 설정만으로는 약해요. 사람들 대부분 돈이 없지만, 그렇다고 도둑질을 하지는 않거든요. 어쩔 수 없이 해야만 하는 이유, 그러니까 절박함이 필요해요. 가족이 아프거나, 사기를 당해서 얼른 갚아야 할 큰 빚을 졌다면 설득력이 있겠죠. 그런 전제를 앞에 깔면 주인공의 행동이 이해되기 때문에 독자들은 수긍하고 다음으로 넘어갑니다. 이 부분이 생각보다 중요해요. 독자들이 소설 속에 등장하는 주인공의 행동에 공감하지 못하면 이야기가 매끄럽게 읽히지 않기 때문이에요. 아니, 설사 잘 읽히더라도 큰 흥미를 느끼지 못할 거예요. 주인공의 사연에 공감하지 못하면 그 뒤에는 무슨 일이 벌어져도 관심을 기울이기 어렵습니다.

로맨스 소설이나 무협물도 마찬가지입니다. 로맨스는 사랑이라는 감정을 잘 표현해야 해요. 독자가 공감할 수 있을 정도로 말이에요. 감정이란 게 첫눈에 반하는 것처럼 한 번에 확 생기기도 하지만, 반대로 시간을 함께 보내며 천천히 피어나는 때도 있어요. 이렇게 미묘하고 복잡다단한 감정선을 글로 보여주는 건 어쩌면 살인을 묘사하는 것만큼이나 쉽지 않을 겁니다. 생각만 해도 어려워서 오히려 시작하기가 겁난다고요? 음, 그렇다면 '클리셰'를 권합니다.

시작이 막막할 땐, 클리셰를!

클리셰(cliché)는 프랑스어로 진부하거나 틀에 박힌 것을 뜻해요. '진부하다'의 사전적 의미는 '사상, 표현, 행동 따위가 낡아서 새롭지 못하다'입니다. 문학에서는 판에 박힌 대화, 상투적 줄거리, 전형적인 수법이나 표현을 뜻하는 용어로 쓰이죠. 영화나 드라마를 좋아하는 친구들은 한 번쯤 이 단어를 들어봤을 거예요. 예를 들어서 "클리셰 범벅인 작품, 참신함이라고는 없었다" 내지는 "클리셰에서 벗어나지 못했다"처럼 작품에

혹독한 평가를 내릴 때 사용하죠. 반대로 칭찬할 때도 씁니다. "클리셰를 잘 이용했다" 혹은 "클리셰를 벗어났다"라는 식으로요. 최근 대표적으로 많이 사용되는 클리셰는 바로 '은퇴한 전직 정보 요원'입니다. 영화 〈테이큰〉에서 처음 사용된 이 설정은 조용히 살기 위해 은퇴했는데, 가족이 납치당하면서 복수의 칼을 꺼내 드는 내용이에요. 이런 류의 스토리를 본 기억이 있나요? 꼭 〈테이큰〉이 아니더라도 어떤 기억이 스멀스멀 떠오른다면, 그게 바로 클리셰예요. 이제 느낌이 좀 오나요?

　뻔한 클리셰에 빠지지 않게 주의해야 하지만, 모든 클리셰를 그저 진부하고 나쁘다고 할 이유는 없어요. 거꾸로 생각하면, 진부하게 느껴질 만큼 많은 사람이 낯설어하지 않고 공감하는 내용이라는 의미니까요. 클리셰는 에스컬레이터처럼 이야기를 빠르게 전개하는 역할도 합니다. 어느 지점에서는 앞으로 전개될 내용을 독자들이 예상하는 게 좋아요. 클리셰는 이때 전개에 속도감을 더해주는 역할을 하지요. 주인공의 복수를 위해서 주변 사람들이 죽거나, 고통을 당하는 클리셰도 주인공이 목표를 달성할 것이라는 기대감과 긴장감을 고조시켜 주는 역할을 해서 유용하답니다. 그러니까 클리셰를 무조건 진부함 덩어리라 생각해서 기피하거나 멀리할 필요는 없어요. 그만큼 오랫동안 문학과 함께 있었으니까 잘 사용해야죠.

특히, 사건의 시작 단계에서 클리셰를 사용해 보길 권합니다. 사건이 벌어진 이후에는 좀더 다양한 방향으로 이야기를 전개시킬 수 있답니다. 거기서 내 이야기만의 차별점을 추가해 나갈 수 있고, 내가 만든 캐릭터들의 성향과 행동에 따라 다양한 결과를 만들어낼 수 있으니까요. 사건이 시작되는 부분은 비슷할 수밖에 없어요. 그러니까 사건 초반부터 참신하고 눈에 띄게 써야 한다는 압박감이나 부담감은 조금 내려놓고, 클리셰를 활용해서 빌드업을 해보는 걸 추천해요. 처음부터 고민하느라 진을 빼면 정작 에너지를 쏟아부어야 할 부분에서 힘을 내지 못할 수 있거든요.

빌드업의 또 다른 방법들

좋은 서사를 시작하는 또 다른 방식은 바로 캐릭터를 활용하는 것입니다. 거듭 말하지만 주인공의 행동은 결국 서사와 직접적으로 연결돼요. 시작 부분에 주인공이 등장하는 몇몇 장면을 그려넣어 보세요. 주인공이 세상을 보는 시선, 특정 상황에서 취하는 행동 등을 가볍게 보여주면서 본격적인 사건으로 가는 디딤돌을 놓을 수 있어요. 예를 들어《셜록 홈즈》에서는 셜록 홈즈가 의뢰인을 만나거나 현장에 처음 가서 눈으로 살펴본 후에 이런저런 단서를 찾아내는 장면이 도입부에 자주 등장해요. 이렇게 하면 주인공인 홈즈의 성격도 간접적으로 보여줄 수 있고, 이야기의 분위기도 잡아갈 수 있으니 유용한 빌드업 방법입니다.

우연히 발생한 일이나 정말 사소한 일상의 한 장면에서 도입부를 시작하는 것도 좋습니다. 영화로도 만들어진 시가 아키라 작가의 미스터리 소설 《스마트폰을 떨어뜨렸을 뿐인데》는 제목 그대로 스마트폰을 떨어뜨리는 것으로 이야기가 시작됩니다. 스마트폰을 떨어뜨리는 건 일본은 물론이고 우리나라의 수많은 사람이 한 번쯤 겪는 아주 보통의 일이잖아요. 하지만 하필이면 그걸 살인마가 줍는다는 설정을 넣었습니다. 이렇게 일상의 한 장면에서 본 사건으로 이어나가는 것입니다.

참, 초반에 떡밥을 잘 뿌리는 것도 중요합니다. 주인공 곁을 스쳐 지나갔던 엑스트라가 나중에 범인으로 밝혀지거나 주인공의 성격, 습관이 사건으로 연결될 수 있어요. 사소한 계기로 이후에 어떤 사건을 겪을 수 있다는 여지를 떡밥으로 뿌려놓는 것입니다. 이때 뿌려놓은 떡밥이 이야기 초반에는 큰 힘을 내지 못해요. 스쳐 지나가는 요소일 뿐이라서 뭐가 그리 중요할까 싶겠지만, 후반부로 갈수록 미리 떡밥을 뿌려놓길 잘했다는 생각이 들 겁니다. 사소해 보이는 떡밥 하나가 멀리 보면 사건 전체의 긴장감과 연결성을 높여주거든요. 머릿속으로 끊임없이 시뮬레이션을 해보고 포스트잇이나 메모지에 간단히 적으면서 아이디어를 정리해야 해요. 하지만 여기서 또 하나 주의할 점, 떡밥도 과유불급입니다. 떡밥 뿌리는 게 아무리 신난다고 해도 앞부분에 너무 많이 떡밥이라는 장치를 심어놓으면 안 돼요. 글 자체가 어색해질뿐더러 후반부에 가서 떡밥을 제대로 회수하지 못해 글이 엉성하게 마무리될 수 있거든요.

최근 들어 소설의 도입부를 짧게 쓰는 경향이 있어요. 이건 앞서 설명한 대로 장편의 분량이 줄어들면서 생기는 현상이기도 하고, 사람들이 빠른 전개를 선호하기 때문이기도 합니다. 도입부가 길어지면 독자들은 금방 흥미를 잃습니다. 아무 설명이나 예고 없이 본 사건이 갑자기 진행되는 것도 문제지만, 사건이 시작하기까지 시간이 너무 오래 걸리거나 지지부진하게 전개되는 것도 큰 문제예요. 그러니 사건의 시작점과 캐릭터를 설명했다면 가급적 빠르게 본 사건으로 넘어가야 한다는 걸 명심하세요.

사건의 중심으로 가기 위한 빌드업 단계, 그러니까 소설의 도입부는 정말 중요합니다. 중반부가 아무리 재밌다고 해도 도입부가 허술하면 독자들은 의구심을 가질 거예요. 아니, 도입부가 어색하거나 재미없으면 독자들은 중반부까지 넘어가지도 않을 겁니다. 이야기를 읽는 독자 생각에 주인공 행동이 이해가 안 간다면 그 이야기는 망한 겁니다. 아무리 캐릭터가 매혹적이고, 후반부가 끝내주더라도 말입니다. 그러니까 제가 알려드린, 세 가지 방법을 적극적으로 써보세요. 정리하자면 사건 발생의 이유 넣기, 아이디어가 잘 떠오르지 않는다면 클리셰 찾아서 활용하기, 캐릭터 활용하기입니다.

미션 7

여기까지 읽었으면 개연성이 충분한
도입부를 써볼까요?

재미만 있으면 됐지,
주제가 꼭 있어야 하나요?

이 글은 왜 쓰셨어요?

"이 글은 왜 쓰셨어요?"

"이 글의 주제 의식은 뭔가요?"

초창기에 작품을 완성해서 내놓으면 가장 많이 받은 질문이 바로 이 두 개였습니다. 지금도 이런 질문을 많이 받지만, 마음속에 있는 대답을 그대로 한 적은 없습니다. 저는 그냥 커피를 만들다가 어느 날 문득 글을 쓸 결심을 했어요. 대학교나 대학원에서 문학을 전공하지도 않았고, 글을 쓰기 이전에 글쓰기 강좌를 들은 적도 없었어요. 그런 저에게 글을 왜 썼는지, 그리고 주제 의식이 무언지 묻는 말은 참으로 대답하기가 난감했답니다. 딱히 깊게 생각해 본 적도 없고, 그게 뭔지 알려주는 사람도 없었으니까요. 그래서 처음에는 크게 개의치 않고 작품을 썼습니다. 제가 생각하는 소설의 제1 목표는 재미였고, 주제는 사실 별로 생각지도 않았습니다. 그랬던 제가 작품을 몇 편 쓰고 책을 출간하면서부터 조금씩 생각이 바뀌었습니다. 이제는 제가 쓴 소설의 주제가 뭐냐고 질문하는 마음도 이해가 가요. 왜냐고요?

독자들은 자신이 읽은 책이 가치 있기를 바랍니다. 식당에서 음식이 나오면 바로 먹지 않고, 먼저 냄새를 맡잖아요. 모양에 감탄한 다음에 SNS에 올릴 사진을 찍지요. 자신이 맛있는 음식을 선택했다는 걸 기뻐하고, 그것을 주변에 알리면서 뿌듯해합니다. 혹은 SNS에 올리지 않더라도 마음속에 좋은 음식이라고 저장합니다. 친구와 만났을 때 그 음식 얘기를 꺼낼 수 있지요. 책을 읽을 때도 비슷해요. 재미도 있으면서 어떤 메시지가 담긴 책을 선택해 읽었다는 자기만족이 중요합니다. 또 내가 이런 좋은 책을 읽었다고 알리고 싶잖아요. 그래서 우리가 쓰는 소설에 주제를 담아내는 것이 필요한 것이지요.

여기서 잠깐, 주제란 정확히 뭘까요? 사전적 정의를 찾아보면 주제는 '문학 작품의 중심 생각으로 작품을 통해 작가가 말하려는 무언가'라고 합니다. 어떻게 보면 우리가 써야겠다고 생각한 사건과 결말이 곧 우리의 주제와 맞닿아 있어요. 그러니까 사건을 막 시작해서 전개하고 있는 지금, 내가 왜 이 사건을 다루려고 하는지, 궁극적으로 보여주고 싶은 장면이 무엇인지 생각하는 시간을 꼭 가져보세요. 어느 날 불현듯 이 이야기를 써야겠다고 결심했을 수 있지만, 생각해 보면 그 계기나 이유가 있을 거예요. 예를 들어 법의 감시망을 피해 편히 살고 있는 범죄자들을 찾아내야 하는 운명의 저승사자 이야기를 쓰기 시작했다면, 사법체계의 허점이나 범죄자가 횡행하는 요즘 사회를 고발하고자 하는 생각이 기저에 깔려있을 수 있겠죠. 거창한 이유를 떠올리려 애쓸 필요는 전혀 없어요.

주제, 너무 어렵게 생각하지 마

지금부터는 우리가 쓸 소설에 단순한 재미뿐 아니라 주제까지 담는 법을 살펴볼게요. 앞서 말했듯 소설에서 다루는 사건과 결말로 주제를 드러내는 경우가 많은데요, 그보다 조금 더 뚜렷하게 보여주기 위해 주제를 대사에 녹여낼 수도 있답니다. 제가 좋아하는 추리물을 예로 들어볼게요. 소설은 아니지만 스토리텔링을 기반으로 한다는 점에서 드라마나 영화도 소설과 비슷하기에 드라마를 예시로 들어볼게요. 오래전에 방영된 전설적인 MBC 드라마 〈수사반장〉에 다음과 같은 대사가 나옵니다.

빌딩이 높을수록 그림자는 길어진다.

고층 빌딩이 생기면 거기에 가려져서 햇빛이 비치는 대신 그림자가 드리워지는 공간이 생깁니다. 이 대사는 경제적인 성취와 성장 뒤에 부패한 구석이 함께 커진다는 의미로도 해석할 수 있고, 그 시대의 빈부격차를 은유하기도 합니다. 〈수사반장〉의 내용을 알면 제가 왜 이 대사를 소개했는지 알 수 있을 거예요. 〈수사반장〉은 급성장하는 대한민국의 1950~1960년대를 배경으로 정의를 구하는 형사들의 이야기입니다. 〈수사반장〉에 등장하는 나쁜 놈 중에 일부는 그럴 수밖에 없는 사연이 있거든요. 수사반장과 형사들은 은근슬

쩍 봐주기도 하고 체포된 범인의 가족을 도와주기도 합니다. 여기에 등장하는 인물들은 실은 급격히 성장한 국가가 드리운 어두운 그림자와도 같죠. 이제 조금 이해가 되나요? 내 글에서 보여주고 싶은 핵심을 이렇게 대사로 표현할 수 있다는 것을 알아두면 좋겠습니다. 〈수사반장〉의 대사처럼 은유적이고 멋진 문장일 필요는 없어요. 마땅한 문장을 찾아내는 건 힘든 일이니까요.

사람은 이유 없이 움직이거나 말하지 않아요. 왜 거기에 가야 하고, 뭘 하고 있는지, 아니면 뭘 하고 싶은지 정확하게 알고 있습니다. 사람이 움직이는 것도 그런데 생각해야 쓸 수 있는 글은 주제 의식이 정말 명확해야죠. 그래야 재미있는 글을 쓸 수 있어요.

미션 8

이제 나만의 주제 의식을 담아낸 이야기를 전개해 볼까요?

나는 재밌는데 친구는
무슨 말인지 잘 모르겠대요

내 글이 어렵다고?

솔직히 고백할 게 하나 있는데요, 저는 가끔 제가 쓴 글을 보고 울어요. '어쩌면 이렇게 감동적인 얘기를 썼지, 거기다 캐릭터는 왜 이렇게 멋지지?' 속으로 감탄하면서 말이죠. 하지만 주변의 평가는 완전히 다를 때도 있답니다. 독자들의 반응도 나쁠 때가 있고요. 저만 그런 게 아니라 다른 작가들도 비슷한 일을 겪어요. 저는 그냥 웃고 넘기지만, 그렇지 못한 작가들도 많답니다. 충격받아 글쓰기를 중단하거나 슬럼프에 빠지곤 하지요. 처음 글을 쓰면 주변 사람들에게 보여주잖아요. 저도 친한 선배 작가와 동료들에게 보여주었어요. 이들의 반응에 따라 크게 자극을 받거나 좌절하기도 했고요. 그런데 제가 평가를 하는 처지가 되어보니까 그 정도로 신경 쓸 필요는 없더라고요.

일단, 누구든 습작에 대한 평가를 요청받으면, 아주 특별한 경우가 아니라면, 대개 귀찮아해요. 자기 일도 바쁜 상황이라서 말이죠. 그런데 또 그걸 티 내기는 싫어서, 살펴보는 척을 하긴 해요. 뭘 봤다는 걸 티 내기에 가장 좋은 방법은 문제점을 얘기해 주는 겁니다. 하지만 제대로 보지 않은 상태에서 문제점을 찾아내기는 힘들어요. 그러니까 사실 문제점이라고 얘기하는 것 자체가 문제인 경우가 많습니다. 주변 사람들이 진지하게 읽고 조언해 주길 기대하긴 어려워요. 대개는 대충 보고, 봤다는 티를 내기 위해서 억지로 흠집을 잡아내기 일쑤죠. 이런 얘기에 계속 휘둘려서 이야기를 고치겠다고 손을 대면 점점 산으로 가버립니다. 그러니 너무 마음에 두지 말아요.

대신 무슨 이야기인지 이해가 가지 않는다고 하면 귀를 기울여야 합니다. 가장 귀담아들어야 할 피드백이지요. 재미가 있다, 없다는 개인적인 취향에 따라 다를 수 있지만, 이해가 안 된다는 건 진짜 문제예요. 왜 이해가 되지 않을까요? 글자 그대로 해석해야 합니다. 작가는 그 작품 안에서 신과 같은 존재입니다. 신은 모든 걸 알고 있어서 모두 다 쓰지 않아도 읽기에 무리가 없어요. 아마 그래서 설명을 빼먹는 실수를 하게 될 수 있어요. 그러면 독자는 주인공의 행동과 대사가 이해되지 않는다고 불만을 말하게 되죠. 이런 평가는 작품이 재미없다는 것보다 더 위험해요. 재미없다는 건 최소한 내용은 이해가 간다는 뜻이니까요.

중간 점검 1: 묘사를 제대로 했나?

글을 읽은 지인에게 이해가 안 된다는 피드백을 받았다면 어떻게 해야 할까요? 일단 몇 가지를 확인해 봐요. 초반에 주인공의 이름과 성별, 나이, 그리고 대략적인 외모를 묘사했나요? 그게 갖춰져 있어야 독자들은 주인공이 어떻게 생겼는지 머릿속에 떠올릴 수 있거든요. 아주 기초적인 부분인데 의외로 깜빡 잊는 실수를 하기도 해요. 아마도 작가의 머릿속에서는 너무나 익숙한 모습이기 때문에 굳이 설명할 필요가 없다고 생각하는 것 같아요. 그러면 안 돼요. 반드시 주인공을 소개하고 현재 상황과 이루고 싶은 목표를 초반에 알려줘야 해요. 이건 주인공이 대사를 통해 직접 말해도 되고, 주변 인물이 설명을 해줘도 돼요. 아니면 악당이자 빌런이 등장해서 그 목표를 막는 행동으로 보여주는 방법도 있어요. 이 중 가장 좋은 방법은 세 번째입니다. 악당이 주인공이나 주변 인물들을 괴롭히고, 뭔가를 빼앗아가 버리면 자연스럽게 주인공에게 목표가 생기는 셈이니까요. 이런 방식을 자주 사용하고, 반드시 초반에 상황 묘사가 두드러지는 장르가 바로 미스터리입니다. 살인이 벌어지면 범인을 찾는 것이 미스터리의 가장 큰 목표이자 해결 과제예요. 이는 동시에 주인공이 반드시 이뤄야 할 임무이기도 하니까요. 어떤 장르를 쓰든지 캐릭터 소개, 주인공의 목표, 목표의 이유를 말하는 걸 잊으면 안 됩니다.

중간 점검 2: 대사와 지문을 잘 활용했나?

대사와 지문을 적절히 활용했는지도 확인해 봐요. 원래 대사와 지문은 희곡, 시나리오에서 사용하는 용어이지만, 편의상 해당 용어를 사용해서 설명하도록 할게요. 아이디어라고 부르는 망상은 작가가 시놉시스를 쓴 뒤 사건을 전개하면서 생명력을 얻게 돼요. 그 사건의 전개를 만들어내는 것이 바로 대사와 지문입니다. 시놉시스가 전체적인 구조를 떠받치는 기반이라면 대사와 지문은 그 위에 올라가는 초석과 버팀목 역할을 해주는 겁니다. 대사는 글자 그대로 얘기를 주고받는 것을 말해요. 지문은 등장인물의 내면 심리 상태나 행동을 표현해 줍니다. 그러니까 글의 구성은 기승전결로 이뤄지고, 그 안에 대사와 지문이 있다고 생각하면 됩니다. 쉽고 간단하죠?

입 밖으로 소리를 내서 상대방이 알아듣게 말하는 대사는 큰따옴표를 사용하고, 속으로 생각하는 내용이라면 작은따옴표를 써서 구분해요. 이것 외에는 따옴표를 넣을 필요가 없답니다. 이 정도는 책을 어느 정도 읽어봤다면 다 알겠지만, 직접 쓰는 건 어려운 일이니 이참에 다시 확인하면 좋죠. 그럼, 이제 대사와 지문을 독자가 알기 쉽게 제대로 썼는지 확인해 볼까요? 대사를 쓸 때 한 가지 주의할 게 있어요. 말하는 인물이 어떤 상황이고, 누구와 대화하는지를 명확하게 설명해야 해요. 안 그러면 독자가 대사를 따라서 읽다가 누가 누구에게 하는 말인지 모를 때도 의외로 많거든요. 이럴 때는 헷갈리지 않게 지문을 적절히 섞어줘야 합니다. 제가 예시를 적어볼게요.

민욱은 방문을 열고 들어왔다. 가까이에 있는 의자에 앉았다. 지애는 침대에 앉아 머리를 묶고 있었다.

"왜?"

지애의 물음에 민욱이 조심스럽게 대꾸했다.

"그냥."

"그럼 나가. 옷 갈아입어야 해."

"할 말이 있긴 한데."

민욱의 얘기를 들은 지애가 얼굴을 찡그렸다.

"약속 시간 늦었어. 갔다 와서 얘기해."

퉁명스러운 지애의 얘기에 민욱이 의자에서 일어나며 물었다.

"알았어. 어디 갈 건데?"

"알아서 뭐 하게? 빨리 좀 나가."

지애의 재촉에 민욱은 투덜거리며 문을 열고 밖으로 나갔다.

간단한 대화 장면인데요. 읽어 보면 누가 무슨 말을 했고, 어떻게 대답했는지 알 수 있어요. 또한 등장인물들이 얘기를 나누는 상황을 통해 어떤 분위기인지 짐작할 수 있죠. 자! 여기서 지문을 빼고 대화만 남겨볼까요?

민욱은 방문을 열고 들어왔다. 가까이에 있는 의자에 앉았

다. 지애는 침대에 앉아 머리를 묶고 있었다.

"왜?"

"그냥."

"그럼 나가. 옷 갈아입어야 해."

"할 말이 있긴 한데."

"약속 시간 늦었어. 갔다 와서 얘기해."

"알았어. 어디 갈 건데?"

"알아서 뭐 하게? 빨리 좀 나가."

지애의 재촉에 민욱은 투덜거리며 문을 열고 밖으로 나갔다.

차이가 느껴지나요? 두 번째는 대사만 있어서 누가 무슨 얘기를 하는지 알기 어렵습니다. 게다가 대사만 죽 이어지니까 숨이 좀 가빠지는 느낌도 들어요. 실제로 대사 부분은 다른 문장들에 비해 빠르게 읽히기 때문에 그렇습니다. 대사만 계속 나열하면 등장인물이 무슨 상황에서 얘기하는지 확인이 안 되고, 호흡도 빨라지는 단점이 있어요. 그래서 중간중간 지문을 넣어서 누가 얘기하는지를 정확하게 설명해 줘야 해요. 안 그러면 대화가 엉켜버려서 독자가 읽다가 포기하는 일이 벌어지거든요. 대사와 지문은 적절히 섞어서 써야 합니다. 저는 대략 7대 3이나 6대 4 정도가 적당하다고 생각해요.

대사와 지문은 각자의 영역과 임무가 있어요. 대사는 속도감 있게 이야기를 전개해 주는 역할을 하죠. 주인공을 비롯한 등장인물 간의 갈등을 직접적으로 말하고, 그걸 헤쳐가는 상황을 드러내는 역할을 해요. 반면, 지문은 주인공이 처한 상황을 설명해 줍니다. 예를 들어 방에 들어온 주인공과 빌런이 대립하는 장면이 있어요. 이때 양쪽의 직접적인 갈등은 대사를 통해서 독자에게 알려줘야 합니다. 그래야 속도감 있게 이야기들이 풀려나갈 수 있으니까요. 그리고 지문은 대사에 나오지 않는 빈틈을 채워줍니다. 주인공의 상태, 그러니까 서있는지 앉아있는지, 방의 어느 장소에 있는지를 보여줘요. 대화하는 동안 두 사람의 동선을 알려주고 심리를 묘사하거나 대립의 이유를 설명하기도 합니다. 두 개가 적절히 조합되어야만 이야기의 긴박감을 잘 풀어낼 수 있어요. 주인공과 빌런이 대치하는 과정에서 손가락 하나 까닥하지 않고, 대화만 주고받지는 않을 겁니다. 팔짱을 끼든지, 눈살을 찌푸리든지 아니면 한숨을 쉬기도 하겠죠. 그 자리에 계속 있지도 않아요. 이리저리 위치를 바꾸기 마련이죠. 그런 동선을 파악할 수 있게 지문을 통해 독자에게 말해줘야 생생한 감정을 그대로 전달할 수 있어요. 정리하자면 대사를 통해서는 양쪽의 직접적인 갈등과 목표를 드러냅니다. 그리고 그 과정에서 주인공이 어떤 움직임을 보이는지를 지문을 통해서 보여주면서 현실감을 더하는 거죠.

이건 계속 연습할 수밖에는 없어요. 문장력이 깔끔하고 좋은 것과는 다른 차원의 문제이고요. 뒤집어서 얘기하면 천재가 아닌 사람도 갈고닦으면 능력을 발휘할 수 있다는 말입니다. 내가 쓴 글을 독자들이 마치 영화의 한 장면처럼 받아들여 주는 건 굉장히 신나는 일이잖아요. 대사를 직접 입으로 얘기해 보는 게 좋고, 마찬가지로 동선도 직접 움직이면서 확인해야 어색하지 않아요. 문을 열고 걸음을 걸어보는 식이죠. 대사와 지문의 적절한 조합은 글의 완성도 역시 높여줍니다. 같은 장면을 한 번은 그냥 쓰고, 다음엔 직접 움직인 다음에 써봐요. 그러면 미세하지만, 확실한 차이가 느껴질 겁니다. 그게 바로 글의 완성도를 높이는 동시에 이야기를 잘 풀어갈 수 있는 비밀이에요.

미션 9

지금까지 쓴 소설을 가족이나 친구에게 보여주세요!
어렵다거나 이해가 안 된다는 피드백을 받았다면,
인물 설명이 잘 됐는지 점검해 봐요.
대사, 지문을 적절히 적었는지도 확인해요.

대사와 지문까지 확인했는데도
글이 어딘가 이상해요

여전히 내 소설이 어색하다면 시점 체크

대사와 지문을 적절히 활용하고, 인물과 배경 묘사도 구체적으로 했는데 여전히 소설이 어딘가 이상하다는 피드백을 받았다면 '시점'을 확인해 볼 타이밍이라는 뜻입니다. 시점? 국어 교과서에서 본 적 있는 바로 그 단어 맞습니다. 시험 때문에 한 번쯤은 외워본 적 있지 않나요? 잘 기억나지 않는다면 지금 저랑 함께 알아봐요. 소설을 쓸 때 이게 정말 중요하거든요. 시점은 소설에서 이야기를 서술해 나가는 방식이나 관점을 말합니다. 쉽게 말하자면 이야기를 누구의 눈으로 바라보면서 전개할지를 정하는 것이죠. 시점은 크게 두 가지로로 나뉘는데, 서술자가 '나'로 소설 속에 등장하면 1인칭, 서술자가 등장인물이 아니라 이야기 밖에 위치하면 3인칭입니다. 3인칭의 경우 등장인물을 지칭할 때 '그/그녀'라고 합니다. 여기서 끝이 아니죠. 1인칭 중에서도, 서술자인 '나'가 주인공이고 자신의 이야기를 하면 1인칭 주인공 시점, 반면 서술자가 이야기 속에 등장은 하지만 다른 인물들의 이야기를 객관적으로 관찰만 하고 있는 입장이라면 1인칭 관찰자 시점입니다. 1인칭 관찰자 시점에선 주인공의 속마음은 알지 못한다는 특징이 있죠. 3인칭도 두 가지가 있습니다. 이야기 밖에 있는 서술자가 주인공의 속마음은 물론 이야기 속에서 발생하는 모든 사건을 속속들이 알고 있다면 전지적 작가 시점, 반대로 사건을 객관적으로 보고 전달하기만 한다면 3인칭 관찰자 시점이라고 한답니다.

1인칭 주인공 시점

—— 그럼 가장 흔히 쓰이는 1인칭 주인공 시점부터 한번 알아볼까요? 1인칭 주인공 시점의 특징은 주인공인 '나'가 지켜보고, 바라보고, 생각하는 것만 담아야 한다는 겁니다. 그래서 독자들이 소설을 읽을 때, 주인공의 이야기에 친밀감을 더 많이 느낄 수 있다는 장점이 있어요. 반면 주인공인 '나'가 눈치채지 못한 주변의 상황이나 주인공 모르게 벌어지는 일들을 알 수 없습니다. 주인공이 생각하는 틀에 독자도 함께 갇혀 더 넓게 상상할 여지가 줄어들거든요. 그래서 독자 입장에서는 답답함을 느낄 수 있습니다. 하지만 이게 장점으로 작용할 때도 있어요. 그러니까 주변에 무슨 일이 벌어지고 있는데, 진행 과정상 독자가 그걸 눈치채지 못하게 해야 한다면 1인칭 주인공 시점이 가장 적합하다는 얘깁니다. 장르소설에 특히 해당되는 말인데요, 비밀스러운 사건이 아주 가까운 곳에서 벌어지거나 의외로 허술하다면 반드시 1인칭 주인공 시점으로 쓰는 편이 좋습니다.

만약 1인칭 주인공 시점으로 소설을 쓰기로 결정했다면 서술자이자 주인공을 작품에 드러낼 땐 꼭 '나'라는 지칭어를 사용해야 합니다. 그리고 주변 인물이 주인공을 부를 땐, 주인공의 이름이나 별명을 불러야 합니다. 인물 간에 주고받는 대화

(대사)를 쓸 때 이 부분을 기억해요. 이 규칙을 어기면 1인칭 주인공 시점이 아닙니다. 시점이 흔들리면 독자들은 혼동할 수밖에 없어요. 그러니까 글을 쓰기 전에 어떤 시점으로 쓸지 미리 신중하게 결정해야 나중에 시점 때문에 피눈물을 흘리지 않게 됩니다.

● 1인칭 관찰자 시점

──── 1인칭 관찰자 시점은 서술자가 작품 안에 있지만, 주인공의 주변 인물로 나오는 경우를 말합니다. 대표적으로 《셜록 홈즈》가 떠오르네요. 《셜록 홈즈》에서는 주인공인 홈즈의 시선이 아니라 그의 조수인 왓슨의 시선으로 이야기가 진행되죠. 개인적으로 이 작품에서 1인칭 관찰자 시점을 사용한 것이 아주 탁월한 선택이라고 봅니다. 생각해 봐요. 만약 《셜록 홈즈》가 1인칭 주인공 시점으로 쓰여 사건이 전개되었다면, 우리는 발단 부분에서 너무 쉽게 범인을 알아버렸을 거예요. 옆에서 관찰하는 왓슨의 시점으로 이야기가 전개되었기 때문에, 사건 해결을 위해 셜록이 생각한 모든 것을 다 알 수는 없었죠. 그 덕분에 긴장감과 답답함, 그리고 마지막에 사건 해결의 쾌감까지도 함께 느낄 수 있는 겁니다. '한국판 셜록 홈즈'라고 불리는 김탁환 작가의 백탑파 시리즈도 일부는 주인공

김진을 지켜보는 의금부 도사 이명방의 시선으로 이야기가 전개됩니다. 잘 활용한다면 장르소설 특히 미스터리 부분에서 힘을 발휘할 수 있는 시점이니 기억해 둬요.

전지적 작가 시점

—— 작가는 작품 안에서 신이나 다름없는 존재라고 했는데, 혹시 기억하나요? 이 말에 가장 어울리는 시점이 바로 전지적 작가 시점입니다. 신은 인간의 마음속을 쉽게 들여다볼 수 있잖아요? 그것처럼 전지적 작가 시점에선 서술자가 주인공은 물론 다른 등장인물들을 관찰하고 지켜볼 수 있을뿐더러 마음속도 들여다볼 수 있답니다. 그러니까 모든 사람의 시점으로 글을 쓸 수 있다는 뜻이죠. 이게 전지적 작가 시점의 가장 중요한 특징이자 장점이라고 할 수 있어요. 모든 등장인물의 마음속을 들여다볼 수 있어서 1인칭 주인공 시점과는 달리 주인공이 알지 못하는 사건 전개나 다른 등장인물의 속마음까지 독자가 알 수 있습니다. 다만, 3인칭이라서 아무리 주인공이라도 '나'라는 표현은 쓸 수 없어요. 그리고 1인칭 주인공 시점에 비해 독자가 주인공에게 느끼는 친근감이 낮을 수 있어요. 그래도 소설을 처음 써본다면 3인칭 전지적 작가 시점을 특히 추천해요. 여러 등장인물의 감정과 상황을 묘사해 보는

게 필력을 늘리는 데 도움이 되기 때문이죠.

● 3인칭 관찰자 시점

—— 3인칭 관찰자 시점은 제가 자주 사용하지 않는 시점입니다. 3인칭 관찰자 시점의 대표적인 작품은 황순원 작가의 《소나기》인데요, 소년과 소녀의 행동과 말을 통해서 그들의 마음을 짐작할 뿐 인물들의 마음속을 직접적으로는 알 수 없는 시점입니다. 관찰로 드러나지 않는 부분은 독자의 몫입니다. 이렇게 독자가 인물들의 마음을 상상, 짐작하며 읽어가는 재미가 있는 시점이지만 아쉽게도 3인칭 관찰자 시점을 활용한 작품들이 다른 시점에 비해 많지는 않습니다. 저만 해도 3인칭 관찰자 시점으로 작품을 써본 적이 한 번도 없네요.

한 작품 두 시점, 괜찮을까?

시점에 관한 질문 중에 가장 많이 나오는 게 있어요. 하나의 이야기 안에서 시점을 교차해서 사용해도 되냐는 것입니다. 이건 좀 생각해 봐야 할 문제예요. 예를 들어 시작을 3인칭으로 했는데, 중간이나 끝부분에 시점이 1인칭으로 바뀐다는 얘기예요. 이렇게 하면 각각의 시점이 가진 장점들을 취할 수 있기 때문에 작가라면 한 번쯤 도전해 볼 법한 시도지요. 하지만 잘못 썼다가는 독자들에게 혼란을 줄 수 있어요. 이 점을 꼭 염두에 둬야 합니다. 만약 1인칭 주인공 시점으로 시작했다가 중간에 갑자기 3인칭 전지적 작가 시점으로 바꿔버리면 독자들은 혼란스러움을 느껴 몰입도가 떨어질 수밖에 없습니다. 그렇다면 절대 쓰지 말아야 할까요? 제 생각에는, 꼭 필요하다면 써도 됩니다. 1인칭으로 시작하면 무조건 1인칭으로 끝내야 한다는 법칙은 없으니까요. 사실 제가 지금까지 말한 시놉시스와 로그 라인, 문장과 시점에 대한 내용은 암묵적인 합의에 가까워요. 합의란 구성원들이 동의한 규칙이기 때문에 지키는 게 좋긴 하지만, 꼭 그 규칙에 얽매일 필요까지는 없어요. 유연하게 생각하고 적용하면 되는 거죠. 시점에 관한 것 역시 오랜 기간 관습적으로 이어져 온 것이에요. 미스터리 장르의 경우 20세기 초반과 중반에 유명 작가들이 내건 원칙들이 있었어요. 예를 들어서 의뢰인이 범인이면 안 된다거나 중국인이 탐정으로 나오면 안 된다는 식이었죠. 하지만 시대가 변하고 다양한 작품들이 나오면서 이런 원칙은 상당 부분 깨졌습니다. 지금은 오히려 무시하는 상황이 되어버렸어요. 오랫동안 이어져 왔다고 해서 꼭 지킬 필요는 없는 거죠. 하지만 모든 일에는 '명분'이 있어야 하는 법입니다.

특히, 시점에 관한 건 독자들에게 혼란을 줄 수 있기 때문에 신중하게 결정해야 합니다. 3인칭 전지적 작가 시점에서 시작했다가 중간에 1인칭 주인공 시점으로 바꾸려면 거기에 합당한 이유가 있어야 해요. 독자들이 납득할 정도의 이유가 필요하죠. 예를 들어볼게요. 미스터리 장르에서 3인칭 전지적 작가 시점으로 글을 쓰다가 범인으로 추정되는 인물만 1인칭 주인공 시점으로 바꿔서 서술해 볼 수 있습니다. 이 방식은 범인을 직접적으로 노출하지 않으면서 심리를 묘사할 수 있다는 장점이 있어요. 그래서 주인공만큼이나 중요한 빌런의 캐릭터를 쉽게 설명할 수 있게 되지요. 저도 《기억 서점》을 비롯한 미스터리 작품에서 종종 써먹은 방식이에요. 하지만 그냥 쓰는 건 독자들에게 혼란을 줄 수 있어서 몇 가지 장치가 필요해요. 가령 문체를 확 바꿔서 분위기를 다르게 한다든지, 글씨의 폰트를 다르게 해서 독자들이 변화를 눈치챌 수 있게 만들어야 해요. 그리고 앞에서도 말했듯 자주 쓰지 않는 건 그럴만한 이유가 있기 때문이에요. 오랜 기간 쌓여온 관습이라고 무조건 따라야 할 필요는 없지만, 꼭 필요할 때만 써야 한다는 점을 꼭 명심하세요. 그리고 제가 공모전 심사를 보거나 누군가에게 부탁받은 원고를 볼 때 가장 먼저 보는 게 시점입니다. 별다른 이유 없이 시점이 오락가락하면 좋은 작품이 아니라는 판단을 내려요. 누군가에게 원고를 보여줬을 때 돌아오는 대답이, 시점이 명확하지 않다든지, 캐릭터가 확실하지 않다든지, 혹은 반전이 어색하다는 충고라면 귀담아듣는 게 좋아요.

미션 10

잘 읽었나요? 그럼, 지금까지 쓴 글을 쭉 살펴봐요.
어떤 시점으로 썼는지 확인하고, 중간중간 시점이
흔들리는 부분은 없는지 체크해 보세요.

기승전 결

:어떻게 마무리할까?

Q14

쓰다가 자꾸 포기해요

중간에 포기하고 싶어질 때면

글을 쓰기로 결심한 사람이 천 명이라면 실제로 글을 쓰기 시작하는 사람은 백 명쯤 될 겁니다. 그중에서 장편이든 단편이든 마무리를 지을 수 있는 사람은 열 명쯤 될 거고요. 그만큼 글쓰기는 어렵고 힘든 일이며, 이 사실은 시간이 흘러도 변함이 없을 거예요. 용기를 내서 글쓰기를 시작했지만 중도에 포기하는 사람들이 정말 정말 많이 있답니다. 저도 그럴 뻔했고, 앞으로도 그런 일이 없을 거라고 장담하지 못해요. 글쓰기에 관해서 받은 질문 중에도 이런 내용이 정말 많습니다. 글 중간에서 더 이상 글을 못 쓰고 있는데 어떡하면 해결할 수 있냐는 질문입니다. 사실 질문이 아니라 하소연에 가깝다고 느꼈어요.

굳은 결심을 하고 글을 쓰기 시작했지만 우리는 왜 자꾸 중단하고 포기할까요? 이유야 많겠지만 가장 큰 이유는 지금 쓰고 있는 작품의 미래를 몰라 불안하기 때문입니다. 지금 쓰는 글이 제대로 가고 있는지, 혹시 좋은 평가를 못 받는 건 아닌지 하는 불안입니다. 이런 생각은 글쓰기 경력이 20년에 달하는 저도 역시나 가지고 있습니다. 밤새워서 글을 쓰고, 없는 시간 쪼개서 구상했는데 써보니까 막상 생각보다 재미가 없는 거죠. 그러면 의구심과 불안감에 진도가 나가지 않아요. 불안은 더욱 커집니다. 그런 악순환이 거듭되면 결국 글과 멀어지게 되죠.

글쓰기를 중도에 포기하게 하는 수많은 이유를 저는 '병'에 비유하곤 합니다. 설정에 집착하다가 더 이상 쓰지 못하는 '설정병'에 대해서는 앞에서 설명했지요. 그만 쓰고 싶다는 생각을 불러일으키는 병은 '내 글 구려병'입니다. 막상 쓰기는 했는데, 쓰면 쓸수록 불안해서 걸리는 병이죠. 쓴 글이 재미없고 별로라고 생각하며, 글쓰기를 중단할 명분을 찾는 것이 그 증상입니다. 이 병은 '설정병'과 더불어서 작가들이 잘 걸리는 대표적인 질병입니다. 그럼 '내 글 구려병'은 어떻게 치료할까요? 안타깝게도 불치병입니다. 완치할 방법은 없어요. 그렇다면 우린 이 병을 평생 안고 가야 하나요? 물론입니다. 다만, 치료제를 통해서 이 병이 우리 마음 전체에 퍼지는 것을 막을 수는 있습니다.

효과 빠른 치료제 '반드시 마감'

가장 효과가 좋은 치료제는 '반드시 마감'입니다. 완성되지 않은 자기 글에 대한 불안과 의구심은 어쩌면 노벨 문학상을 받은 작가도 느꼈을 겁니다. 저 역시 수백 편의 글을 쓰면서 이 병에 안 걸린 적이 없었어요. 그럴 때면 저는 '반드시 마감'이라는 치료제를 사용한답니다. 무슨 일이 있어도 일단 마감은 해보겠다는 생각이 꽤 도움이 돼요. 하지만 이 치료제를 쓸지 말지는 전적으로 자신의 선택에 달려있죠. 중간에 글쓰기를 포기한다고 해서 큰일이 나는 것도 아닌데, 나에게 이렇게

스트레스를 주는 글쓰기를 왜 끝까지 해야 할까요? **그냥 접고 다른 글을 쓰는 게 훨씬 더 효율적일 수 있는데 말이죠.** 굵은 글씨로 써진 게 바로 '내 글 구려병'의 치명적인 증상입니다. 장담하지만, 쓰던 작품을 중간에 포기하고 다른 작품을 시작한다면 그 작품 역시 제대로 마무리될 가능성이 거의 없어요. 게다가 중도에 포기하고 새로 시작한 다른 글이 마음에 들게 풀린다는 보장도 없지요. 오히려 같은 지점이나 상황에서 똑같이 포기하고 싶은 생각이 들 겁니다. 또 포기하고 다시 새로운 글을 씁니다. 하지만 그 글 역시 앞선 글처럼 마음에 들지 않아서 포기하게 될 겁니다. 그런 일이 몇 번 반복되면 자신에 대한 자신감과 자존감이 바닥을 치고, 더 이상 글쓰기를 할 수 없게 되는 거죠. 자신에 대한 믿음이 없는 상태에서는 글을 한 줄도 쓰기 힘들거든요.

저는 글쓰기를 종종 군대에서 하는 행군에 비유해요. 행군에는 묘한 징크스가 있지요. 첫 번째 행군 때 끝까지 걷지 못하면, 다음 행군 때도 중도에 포기한다는 겁니다. 제 고참이 그랬는데요, 항상 $20km$쯤 걸으면 더 이상 걷질 못했습니다. 다리를 삐었다거나 감기 기운이 있다면서 멈춰 섰어요. 온갖 창의적인 이유를 대더라고요. 나중에 들어보니까 첫 번째 행군 때부터 그랬대요. 결국 그 고참은 제대할 때까지 행군을 한

번도 끝까지 해내지 못했어요. 물론 저 역시 행군이 힘들었습니다. 하지만 중간에 포기한 적은 없었어요. 돌이켜보면 '중간에 포기하지는 말자'는 결심이 작품을 끝까지 쓰게 만든 원동력이었습니다. 재미가 있든 없든, 일단 마무리를 해야 합니다. 계속 써야 할 이유를 찾지 못해도 말이지요. 안 그러면 같은 상황에서 또다시 포기하고, 이 일이 반복되어 더 이상 글쓰기를 할 수 없게 되니까요. 특히, 장편이 아니라 단편을 쓰면서 중도에 포기하는 일을 반복하면 치명적입니다. 포기하는 습관은 정말 순식간에 찾아오니까요.

재미가 없다고 생각되는 글을 군이 마무리 지어야 할 이유를 이제는 알겠죠? 안 그러면 포기가 습관이 되기 때문입니다. 비록 글이 별로라고 해도 말이죠. 글쓰기는 차차 나아집니다. 그냥 나아지지는 않지만요. 헌신과 희생이 필요하고 인내와 끈기, 행운과 기회도 필요해요. 그런 것을 얻으려면 일단 무조건 글을 쓰고 마무리해야만 해요. 중간에 포기하는 게 습관인 작가에게는 아무도 관심을 기울이거나 도움의 손길을 내밀지 않으니까요. 행운과 기회 역시 마찬가지예요. 그 둘은 노력하지 않은 사람에게는 절대로 찾아가지 않습니다.

재차 말하지만 재미없다고 생각되는 글을 끝내는 것도 능력입니다. 글을 쓰다 보면 온갖 변수가 발생해요. 그걸 이겨내는 것이 능력입니다. 외부의 변수와 자기 컨디션에 상관없이 일정한 시간대에 글을 쓰고 마무리 짓는 능력, 작가에게 필수적인 능력입니다. 저는 이 능력 없이 작가로서 성공하는 사례를 본 적이 없습니다. 앞으로도 없을 것 같고요. 그러니까 지금 쓰고 있는 글이 마음에 들지 않는다고 해도 일단 마무리를 짓겠다는 결심이 필요해요. 중도 포기하고 끝까지 갈 방법은 없으니까요.

쓰다가 막힌 재미없는 글이라도 어떻게든 마무리를 지어야 한다는 건 알겠어요. 그런데 어떻게 글을 끌고 나갈지 뚜렷한 방법이 떠오르지 않을 땐 무엇을 해야 할까요? 이제 시놉시스를 다시 읽어볼 시간이 됐습니다. 시놉시스를 쓸 때 뭐가 중요하다고 했는지 기억나요? 맞아요, 바로 '무조건 잘 쓰는 것'이라고 했어요. 글을 시작하기 전에 써둔 시놉시스를 다시 읽으면서 처음 만들었던 방향과 결론으로 글을 써보세요. 분량은 좀 줄어도 상관없으니까 마음을 편하게 갖고 일단 쓰세요. 제일 중요한 건 마무리니까요. 그리고 글이 왜 재미가 없는지도 한번 생각해 봐야 하는데, 그건 반드시 글을 끝내고 해야 합니다. 기승전결이 들어간 이야기를 끝내놓고 천천히 다시 읽어보면 내 글이 왜 재미가 없는지 쉽게 파악할 수 있거든요. 재미없는 소재로 글쓰기를 시작한 것이 원인일 수 있어요. 주인공이 특색 없고 매력적이지 않거나, 사건의 진행이 엉성할 수도 있습니다. 혹은 등장인물들의 대사가 너무 딱딱하거나 어색했을 수도 있어요. 누가 옆에서 이런 문제를 말해주더라도 작가는 쉽게 받아들이기 어려울 거예요. 글을 고치지 못하는 원인은 대부분 작가의 '고집'에서 비롯됩니다. 오직 본인이 스스로 깨닫고 변화를 모색해야만 바뀔 수 있어요. 그러기 위해서 우선 반드시 이야기를 끝내야만 합니다. 그게 중도에 포기하게 만드는 병을 치료할 수 있는 첫 번째 단계니까요.

미션 11

이번 미션은 좀 슬프네요. 이야기를 쓰다가 슬럼프에 빠졌더라도, 다시 읽어보니 내 글에 자신이 없어도 '일단 시놉시스대로 꾸준히 써나가기'입니다. 결코 쉽지 않지만 꼭 경험하고 넘어야 할 고비예요.
포기하지 말고 글을 계속 쓰길 바랄게요.

Q15

결론을 못 짓겠어요

시작은 창대했으나 그 끝은?

소설을 쓰면서 거치는 모든 과정을 지나왔어요. 딱 하나, 결말을 어떻게 지을지만 빼고요. 사실, 이야기의 마무리는 경력이 있는 작가들도 고민에 빠지는 지점입니다. 글이 만족스러울수록 결말을 잘 내야 한다는 압박감을 받지요. 그래서인지 오히려 기성작가들이 결말을 어떻게 내야 할지 모르겠다며 고민해요. 기성작가들조차 고민에 빠지는 문제이니 처음 시작하는 사람들에게는 더더욱 깊은 고민이 되겠죠? 결론을 어떻게 내야 하는지는 딱 잘라 말하기 어려운 문제입니다. 왜냐하면 각각의 작품을 봐야 어떻게 결론을 내릴지 생각할 수 있기 때문이죠. 따라서 각 작품이 아니라 장르별로 해당하는 규칙이나 기준을 알려줄게요.

일단, 모든 장르가 기본적으로 해피 엔딩인 게 좋습니다. 상업화의 끝판왕이라고 하는 할리우드 영화들이 대부분 해피엔딩으로 끝나는 이유가 어디에 있겠어요? 소설의 해피 엔딩은 주인공의 목표가 이뤄지는 것을 말합니다. 복수를 하거나 사랑의 결실을 보거나 원하는 목적지에 도착하거나 헤어진 가족들과 만나는 것으로 이야기가 끝이 나는 것이죠.

미스터리나 스릴러 같은 장르에서는 열린 결말은 피하는 게 좋아요. 미스터리 장르는 범인이 체포되거나 처벌을 받는 것으로 끝내는 게 일반적입니다. 독자들이 그걸 바라기 때문이죠. 대표적으로 셜록 홈즈가 등장하는 작품에서 대부분 범인은 체포되거나 죽음을 맞이합니다. 정의 구현이라는 문제도 있고, 결말이 해피 엔딩이길 바라는 독자의 기대심리 때문입니다. 간혹 열린 결말이 있긴 하지만, 그건 주인공이 누명을 썼거나 혹은 범인이 가까운 사람이라 풀어준 경우에나 사용된답니다. 물론 이 외에도 열린 결말을 쓰는 예가 있지만 좋은 평가를 받지는 못해요. 저도 약간 외면하는 편입니다. 보통의 독자들이 기대하는 방향이 아니기 때문이에요. 대중이 읽는 글을 쓴다면 독자에게 만족감을 주는 게 작가의 당연한 의무라고 생각합니다. 반드시 지켜야 하는 건 아니지만, 독자의 기대를 존중하는 마음을 가져야 합니다. 미스터리 장르에서 대부분 주인공의 최종 목표는 범인의 체포나 처벌입니다. 따라서 그 흐름대로 간다면 범인을 체포하는 장면으로 마무리 짓거나 처벌하는 것까지 쓰면 됩니다. 로맨스 소설이라면 주인공의 사랑이 결실을 보는 것으로 끝내길 권합니다. 나머지 장르도 마찬가지입니다. 이 부분은 사건과 깊은 연관이 있어요. 사건을 해결하는 주인공의 모습이 이야기의 핵심이라면 당연히 결말은 주인공이 원하는 쪽으로 나와야 합니다.

물론, 인기 있는 작품 중에 새드 엔딩도 존재해요. 하지만 새드 엔딩은 해피 엔딩보다 훨씬 더 명백한 이유가 있어야 해요. 역사적 사실에서 벗어날 수 없거나, 주인공의 목표가 애초부터 실현 불가능했다는 식으로 말이죠. 예를 들어 이순신 장군에 관한 소설이고 노량해전이 등장한다면 무조건 장군이 전사하는 쪽으로 이야기를 마무리 지을 수밖에 없습니다. 그런 경우를 제외하고는 가급적 해피 엔딩으로 결말짓는 게 좋습니다.

해피 엔딩? 새드 엔딩? 그 전에 주인공 서사 매듭짓기

글을 마무리할 때 가장 중요한 건, 결말이 해피 엔딩이건 새드 엔딩이건 주인공이 목표를 이룩해야 된다는 거예요. 주인공이 목표를 이루고 숨을 거둔다면 독자들은 납득하고 넘어가요. 하지만 주인공이 목표를 상실하거나 목표로 접근하지 못하고 이야기가 끝나면 나머지가 완벽하다고 해도 결코 좋은 평가를 받기 힘들어요. 애초에 주인공이 모험하게 된 이유가 목표에 있기 때문이지요. 아무리 좋은 시놉시스와 뛰어난 캐릭터, 그리고 멋진 대사와 전개 과정을 가진 작품이라도 결코 인정받지 못할 거예요. 결말이 흐지부지하거나 독자가 납득할 만한 내용이 아니면 찜찜하고 불편할 수밖에 없으니까요. 마치 집에 문을 제대로 안 닫고 외출한 느낌처럼요.

비슷한 맥락에서 한 가지 더 염두에 두어야 할 것이 있어요. 바로 '떡밥' 회수! 인물을 만들고 사건을 전개하면서 아마 떡밥을 하나씩 흘려놓았을 거예요. 본 사건의 초반에는 제대로 밝혀지지 않았지만, '예나가 선정이 딸'이라는 출생의 비밀이나 어릴 적 멀리 입양 간 쌍둥이 동생의 목엔 달 모양 점이 있다는 식의 단서들 말이에요. 본 사건이 진행되면서 이런 단서들은 서사에 녹아들어 해결되는 경우가 많지만, 결말 부분에

이르러서야 궁금증이 해소되는 것들도 있기 마련이죠. 그러니 앞에 풀어놓고 아직 회수하지 못한(않은) 떡밥이 있는지 다시금 살펴보고 정리해 주어야 합니다.

글을 한참 몰두해서 쓰다 보면 회수해야 하는 떡밥이나 주인공이 가야 할 지점을 놓치는 일이 벌어집니다. 그걸 방지하는 방법은 간단해요. 포스트잇에 주인공이 도달해야 할 목표를 적어서 모니터에 붙여놓는 거죠. 글을 쓰기 위해 컴퓨터를 볼 때마다 주인공의 목표가 뭔지, 지금 어디까지 왔는지를 상기할 수 있어요. 간단한 방법이지만 효과는 나쁘지 않습니다. 아니면 컴퓨터를 켜고 로딩이 되는 시간 동안 주인공의 목표를 속으로 생각하는 것도 좋아요.

마지막 장면은 첫 장면만큼이나 중요해요. 신중히 써야 하지요. '오래오래 행복하게 살았다'는 식의 마무리보다는 여운을 남길 만큼 인상적인 게 좋아요. 하지만 너무 오래 골몰하진 마세요. 미스터리라면 주인공이 멋지게 사건을 해결하고, 다음 사건에 도전하는 방식도 좋지요. 로맨스라면 주인공의 사랑이 결실을 보고 얼마의 시간이 흐른 후, 행복하게 지내는 장면으로 마무리할 수도 있지요. SF는 어떻게 할까요? 모험을 떠나는 내용이었다면 첫 모험에서 돌아온 주인공이 새로운 모험을 준비하는 장면으로 마무리해 보세요. 만약 타임리프 판타지라면 원래의 세상으로 돌아오는 것과 그곳에 머물면서 행복하게 지내는 것 중에 하나를 선택해야겠고요. 다시 한번 말하지만, 어떤 형태로든 마무리 문장은 마침표를 찍는 완성형으로 끝내는 게 좋습니다. 그래야 독자들도 후련한 마음으로 책을 덮을 수 있으니까요.

| 미션 12 |

이제 어떤 형태의 엔딩이든
내가 쓴 이야기의 결말을 써보세요.

Q16

퇴고가 뭐예요?

초고는 쓰레기다

퇴고는 사전적인 의미로는 '글을 고친다'는 뜻입니다. 글이 일단 완성되면 초고라고 불러요. 사전을 찾아보면 초고는 초벌로 쓴 원고로 퇴고를 하는 바탕이 된 원고라는 의미를 가지고 있죠. 초고에 관한 가장 유명한 격언은 헤밍웨이가 한 말입니다.

초고는 쓰레기다.

쓰레기를 완성한 걸 축하드립니다. '시키는 대로 온갖 고생하면서 기껏 글을 썼더니…….' 쓰레기라는 말에 배신감을 느끼는 친구들이 정말 많을 겁니다. 하지만 그 배신감에 상관없이 초고는 쓰레기입니다. 그 쓰레기를 예쁘게 포장하고 가다듬는 것이 바로 '퇴고'이고요. 우리가 완성한 글의 첫 번째 버전은 원석에 살짝 손질을 가한 겁니다. 내 눈에는 예쁘고 나름 볼만하지만 완성되었다고 보기는 어렵죠. 그래서 다듬는 과정을 거쳐야 해요. 그 과정을 퇴고라고 부릅니다. 수정이라는 표현도 종종 쓰는데, 같은 의미입니다. 어떻게 보면 제2의 창작이라고 불릴 만큼 중요한 과정인데요, 이걸 잘하느냐 못 하느냐에 따라서 글의 수준이 결정되기도 해요. 그래서 모든 초고는 반드시 수정, 그러니까 퇴고를 거쳐야 한답니다.

퇴고에 대해서는 어떻게 하는 것인지 설명하기보다 왜 필요한지 설득하는 게 먼저입니다. 퇴고해야 한다고 말하면 완성된 글에 굳이 손을 댈 필요가 있냐는 질문을 받을 때가 종종 있거든요. 그건 완성된 게 아니라 그저 첫 번째로 완성된 원고일 뿐이라고 아무리 설명해도 받아들이지 않는 사람들이 있어요. 왜 그렇게 고집을 부리는지는 물론 알고 있습니다. 힘들게 글을 썼는데, 또 손을 대야 한다고 하니까 짜증이 나는 거죠. 거기에 내 글이 완벽하다는 자신감까지 더해지면 그야말로 퇴고는 쓸모없는 짓거리로 보일 테니까요.

자신감과 도전 의식으로 겨우 완결했는데, 고치라는 얘기부터 들으면 누구나 다 기분이 좋지 않을 겁니다. 저도 처음에는 퇴고하는 걸 별로 좋아하지 않았어요. 사실, 아주 싫어하는 편이었죠. 마치 글을 다시 쓰는 느낌이니까요. 하지만 마음을 가라앉히고 현실을 바라봐야 합니다. 저는 수없이 많은 작품을 쓰고 발표했습니다. 하지만 퇴고를 거치지 않은 작품은 단 하나도 없습니다. 횟수에는 차이가 있지만 반드시 수정해서 출간했어요. 그렇게 열성적으로 퇴고를 하는 데는 여러 이유가 있지만 그중 가장 기본적인 이유를 알려줄게요.

오탈자와 비문 때문입니다. 머릿속의 생각을 글로 쓰다 보면 반드시 잘못 쓰는 글자가 나오고, 문법에 맞지 않는 단어들이 나옵니다. 평상시 쓰지 않는 단어들이나 잘못 알고 있는 것들까지 문장에 고스란히 들어가서 머리를 아프게 만들죠. 저는 초창기에 '무릎'으로 써야 하는 걸 '무릅'으로 쓴 적이 있고, '읊는다'는 단어를 '읇는다'라고 써서 찾아 고치느라 한동안 고생한 적이 있었어요. 오탈자와 비문은 글을 읽을 때 브레이크를 밟게 하는 장애물 같은 존재입니다. 가독성을 떨어뜨릴 뿐 아니라 작가의 문장력을 의심받기에 딱 좋습니다.

오탈자와 비문을 찾아 고쳐야 하는데, 그러기 위해서는 퇴고 과정을 거쳐야 합니다. 최대한 맞춤법에 신경을 쓰면서 적은 초고일지라도 오탈자와 비문이 없는 완벽한 원고는 나올 수가 없거든요. 이 점은 퇴고 과정을 직접 거치면서 몸소 느낄 수 있을 거예요. 게다가 교정이 제대로 되지 않은 원고는 공모전에서도 탈락의 사유가 됩니다. 압도적으로 스토리를 잘 쓴 경우라도 오탈자와 비문이 많으면 심사위원들도 읽을 때 고생해요. 아무리 내용이 좋아도 뽑을 수 없어요. 오탈자와 비문으로 가독성이 떨어지는 작품을 수상작으로 삼을 수는 없지요. 게다가 오탈자와 비문이 많은 작품은 아무리 재미있는 내용이라도 재미없게 보이거든요. 성의 없어 보이기도 하고요. 저도 같은 기준으로 응모작에 오탈자와 비문이 많으면 탈락시킵니다. 선입견 없이 보려 해도 오탈자가 많으면 자연스럽게 작품에 흥미가 떨어지더라고요.

오탈자와 비문을 찾는 법은 간단해요. 아래한글 프로그램으로 글을 쓰면, 고유명사를 제외하고, 띄어쓰기나 표기가 맞춤법에 틀린 경우 해당 글씨 아래쪽에 붉은색 물결무늬가 쭉 그어지거든요. 그것만 고쳐도 많은 오탈자와 비문을 정리할 수 있어요. 대사는 직접 읽어보면서 어색한 부분이 있는지 확인하면 됩니다. 문법적으로 어색하더라도 읽기에 괜찮으면, 그냥 넘어가도 돼요. 다만, 그럴 때도 명확한 이유가 있어야 해요.

퇴고, 이렇게 해보세요

퇴고를 쉽게 하는 방법이 있을까요? 일단 쉬었다 하는 겁니다. 저는 아무리 급하게 마감하더라도 초고를 쓰고 나면 며칠 동안은 쳐다보지 않습니다. 다른 글을 쓰거나 기획하면서 머릿속에서 지우려고 하죠. 지워야 잘 보이거든요. 그렇게 며칠 동안 다른 일을 하고 초고를 다시 보면 오탈자나 비문이 눈에 들어옵니다. 정확하게는 눈으로 볼 여유가 생기는 거죠. 그리고 한 글자씩 다시 보면서 오탈자, 비문을 찾아냅니다. 저는 퇴고할 때는 휴대폰도 무음으로 해놓거나 끕니다. 컴퓨터도 인터넷을 연결하지 않아요. 집중해서 몇 시간씩 보는데요, 그게 효과적입니다. 이때는 처음 쓴 원본에 손을 대지 말고, 원고 파일을 복사해서 파일명에 숫자를 붙여 구분해 놓고 수정해야 합니다. 귀찮더라도 고친 부분은 다른 색깔로 한 번에 알아볼 수 있게 표시해요. 그래야 다음에 또 손볼 때 헷갈리지 않거든요. 저는 첫 번째 수정은 붉은색, 두 번째는 푸른색, 세 번째는 초록색으로 표시합니다.

오탈자와 비문을 확인하면서 같이 봐야 할 게 하나 더 있어요. 바로 작품의 개연성입니다. 쓸 때는 정신없이 내용을 전개하는 경우가 많아요. 여러 가지를 고려하며 쓴다 해도, 전체적인 흐름을 파악하면서 쓰기란 쉽지 않죠. 결말이나 반전 효과를 고려해 연결성을 확인하며 쓴 부분도 있을 테지만, 소설을 한창 쓰는 동안에는 빌드업 과정이 자연스러운지, 연결성이 긴밀한지 생각해볼 여유가 없었을 겁니다. 그걸 퇴고할 때 확인해요. 퇴고가 단순히 오탈자만 바로잡기 위한 과정은 아니라는 뜻입니다. 오히려 오탈자나 비문을 고치는 것보다 더 중요한 게 서사의 흐름과 디테일 전반을 다듬는 것이지요.

이야기가 그럴듯하게 진행되기 위해서는 모든 과정이 딱딱 맞아떨어져야 해요. 지나치게 '우연의 일치'에 기대거나 '운이 좋은 상황'이 연달아 나오면 어색할 수밖에 없어요. 조금이라도 애매한 부분이 있으면 일단 체크해 놓고, 오탈자와 비문 교정을 마무리한 다음에 다시 살펴보세요.

저는 최소한 세 번은 퇴고해야 한다고 봐요. 만약 그래도 만족스럽지 못하면 추가로 더 해야겠지요. 어쩌면 퇴고는 글쓰기보다 더 힘들고 어려울 수 있어요. 그래도 이 과정을 거치지

않으면 어떤 작품을 완성했다고 할 수 없지요. 힘들고 어려워
도 반드시 퇴고 과정을 거쳐야 해요.

미션 13

초고를 다시 읽으면서 퇴고해 보세요.
초고가 이상하다고 해서 포기하거나
중간에 그만두지 말고 꼭 끝까지 읽고 수정해 보세요.

제목은 어떻게 정하면
좋을까요?

내 글에 이름 붙여주기

퇴고만큼이나 힘든 게 바로 제목을 짓는 건데요. 저도 이것 때문에 힘들어했던 적이 있고, 앞으로도 이걸로 힘든 시간이 많을 거 같아요. 그만큼 정답이 없다는 뜻이에요. 시놉시스를 쓰는 단계에서 생각이 나면 좋지만, 그렇지 못할 때가 절반도 넘어요. 그럴 때는 가제를 정해서 적어두고, 작품을 써나가면서 적당한 제목이 생각나기를 기다려야 합니다. 글을 마무리 할 즈음 제목 하나가 머리를 스쳐 지나갈 때가 종종 있거든요. 하지만 이 과정을 모두 거친 후에도 제목이 떠오르지 않는, 미 치고 환장할 때도 있습니다. 그러면 퇴고할 때 제목을 생각하 기도 해요. 제목을 정하는 팁을 몇 가지 알려줄게요.

먼저, 주인공의 이름을 전면에 내세우는 방법입니다. 캐릭 터가 강한 작품을 썼을 때 이 방법을 쓰면 좋겠죠? 《해리 포 터》, 〈웬즈데이〉, 《모모》, 《완득이》, 《유진과 유진》 같은 작품들 이 떠오르네요. 두 번째로는 원고에서 핵심 역할을 하는 오브 제나 장소를 제목에 드러내는 방법입니다. 특정 공간(장소)을 중심으로 서사가 진행되거나 서사에 큰 변화를 일으키는 주 요한 오브제가 있다면 그것을 제목으로 정해도 좋습니다. 《마 법의 설탕 두 조각》이나 《불편한 편의점》, 《달러구트 꿈 백화 점》 같은 제목이 이런 방법으로 탄생했겠죠. 그 외에는 주제 를 드러내거나 분위기를 잡아주는 문장형 제목이 있습니다. 예를 들면 《어느 날 내가 죽었습니다》, 《우리 반 애들 모두가 망했으면 좋겠어》 처럼요. 본문에 나왔던 인상 깊은 문구를 제목으로 사용한 작품도 있답니다.

이런 이름은 피하자

반대로 피해야 할 제목도 알려줄게요. 어떤 제목이 떠오르면 가장 먼저 해야 할 게 검색입니다. 만약 같은 제목의 책이 있으면 피하는 게 좋겠죠? 또 내가 지은 제목이 다른 의미로 많이 쓰인다면 이것도 피하는 게 좋아요. 2006년에 나온 저의 첫 책 《적패》가 바로 그런 사례였어요. 마작패 중에 붉은색 패를 적패라고 하더라고요. 인터넷에서 '적패'를 검색하면 온통 마작 얘기밖에 안 나와요.

제목이 너무 길어도 안 됩니다. 짧고 간결해야 인상에 남고 완성도가 높아 보입니다. 일본의 라이트노벨은 제목이 정말 긴 편입니다. 라이트노벨은 주로 청소년 독자를 대상으로 하는 가벼운 대중소설을 말하는데요, 그 장르를 쓰는 게 아니라면 너무 긴 제목은 피해야 합니다. 독자들이 기억하지 못 할 수도 있고, 자칫 우스꽝스럽게 보일 수 있으니까요. 저는 되도록 짧게 지으려고 노력하는 편입니다. 반드시 그래야 할 필요는 없지만 네 글자에서 여덟 글자 정도가 적당하더라고요. 의외로 이 부분은 훈수가 잘 통합니다. 저도 제목을 짓느라 끙끙대곤 하는데, 주변에서 진짜 좋은 제목을 지어준 적도 많았어요. 그러니까 정 생각이 안 나면 주변 사람들에게 글을 보여주고, 제목을 생각해 달라고 요청해 보세요. 이것도 한 가지 방법입니다. 하지만 어디까지나 의견은 의견일 뿐, 최종 결정은 글을 쓴 작가의 몫입니다. 이 점은 절대 잊어서는 안 돼요.

미션 14

이번 미션은 내가 쓴 소설에 어울리는
제목 짓기입니다.

저와 함께 짧은 소설 쓰기 과정을 마친 친구들 모두 고생했어요. 인물과 배경을 설정하는 것부터 주제, 시점을 고려해 사건을 전개하고 결말을 마무리하기까지, 한 작품을 쓴다는 게 참 쉬운 일이 아니죠? 포기하지 않고 나의 글, 나의 콘텐츠를 만들어낸 스스로를 대견해하면서 셀프 칭찬을 마구 해주세요. 그리고 혹시 완성된 작품이 마음에 들지 않더라도 절대 속상해하거나 글쓰기를 그만두지 마세요.

글쓰기를 흔히 마라톤에 비교하곤 합니다. 꾸준히 오래 해야 하고 완주 후에 뿌듯함을 느낀다는 공통점이 있죠. 포기하지 말고 글을 계속 써보세요. 어떤 결과가 나올지 모르지만 도전했다는 것 자체가 친구들 삶에 큰 도움이 될 것이라 믿습니다.

이어지는 부록에서는 '작가'라는 직업과 책 제작 및 출간 방법을 소개할게요. 멋지게 쓴 원고를 책으로 엮어낼 때 필요한 절차가 궁금한 친구들은 꼭 정독해 보길 바랍니다.

부록

| 부록 1 |

작가라는 직업이
궁금해요!

정명섭 작가님과 이지현 작가님(사서 선생님) 인터뷰입니다. 앞서 글쓰기의 방법을 소개했지요? 이번엔 글 쓰는 일을 직업으로 삼고 살아가는 '작가'의 삶과 일을 소개할게요. 미래에 작가가 되고 싶거나 작가의 삶이 궁금한 학생이라면 얼른 읽어보세요!

Q (이) 아이돌이나 연기자, 운동선수 중에는 청소년이 더러 있어요. 이처럼 청소년이 책을 출판하여 저자로 활동하고 작가 경력을 쌓을 수 있나요?

A (정) 물론, 가능해요. 저자로서 글을 쓰기 위한 특별한 자격이나 나이 제한은 없어요. 실제로 과거에 중·고등학생이 신춘문예에 당선되어 활동한 사례도 있었고요. 공모전에는 인종, 성별에 대한 제한은 물론 나이 제한도 두지 않아요. 각종 공모전에 입상하여 등단하고 꾸준히 글을 쓴다면 아이돌이나 연기자, 운동선수처럼 청소년 시절에 작가로서 활동과 경력을 쌓을 수 있습니다.

Q (이) 출판사와 계약하는 방법 외에 다른 경로로 저자가 될 수 있나요?

A (정) SNS나 블로그에 글을 꾸준히 올리고, 사람들의 관심을 받으면 저자라고 불리는 사례가 많이 있어요. 하지만 출판사와 계약해서 본인 이름이 새겨진 책을 출간하지 않았다면 보통 진정한 의미의 저자라고 부르기는 어려워요. 작가가 되는 방법은 다양할 수 있지만 출판한 책이 있어야만 저자인 거죠. 책이 아직 안 나왔다면 저자보다는 어떤 분야의 전문가라고 부를 수 있겠네요.

Q (이) 글을 잘 쓰지 못해도 작가가 될 수 있나요?

A (정) 공부를 못하면 성적이 안 나오듯이 글을 잘 쓰지 못하면 작가가 되긴 어려워요. 하지만 공부와 글쓰기는 성장 과정이 조금 달라요. 학교 성적은 한 과목만 잘해서는 전체 성적을 좋게 받을 수 없잖아요? 반면 글쓰기는 내가 잘하는 한 장르를 파고들면, 그 장르의 작가로 성장할 수 있어요. 어떤 장르든 다 잘 써야만 되는 게 아니에요. 지금은 무협이나 판타지, SF, 스릴러, 추리, 로맨스와 같은 장르소설의 인기가 높아요. 그러니 이 중에서 한두 분야에 관해 탐구하고, 창작을 위해 노력한다면 장르소설 작가로 충분히 성장할 수 있답니다. 또한 글쓰기 실력은 갈고닦으면 더 나아질 수 있으니 미리 실망하지 말아요. 부족하면 채우고, 낮으면 쌓아 올리면 돼요. 지금 못 쓴다고 좌절하거나 포기하지 말고 용기 내봐요.

Q (이) 원고를 쓰려면 정해진 양식에 따라야 해요? 예시 자료 같은 것이 있나요? 맞춤법에 꼭 맞게 써야 하나요?

A (정) 출판사에서는 원고를 아래한글 프로그램(HWP) 파일이나 PDF 전자파일로 받기를 원해요. 특히 아래한글 프로그램에서 작성된 것을 선호하죠. 메모장이나 다른 글쓰기 프로그램에 쓰는 사람도 있겠지만, 쓰는 프로그램이 다르면 글

자나 문단 모양이 깨지는 경우가 생길 수도 있어요. 아래한글 프로그램을 열었다면 글자 크기를 10~12포인트 정도로 해 놓고 쓰세요. A4로 몇 장 분량이라고 말하면 글자 크기나 자간 차이에 따라 분량이 다를 수 있거든요. 이 정도 글자 크기에 익숙해지는 게 좋습니다. 글씨를 크게 쓰면 페이지 수만 늘어날 뿐 필요한 원고 분량을 채우지 못하는 경우가 있어요. 다 쓴 후에 작성한 글이 200자 원고지로는 몇 장인지 확인해야

| 일반 | 문서 요약 | 문서 통계 | 글꼴 정보 | 그림 정보 |

내용 작성 날짜	2022년 7월 8일 금요일 오전 9:04:37
마지막 저장한 날짜	2023년 5월 2일 화요일 오전 1:12:39
마지막 저장한 사람	이지현

통계

통계 이름	문서 전체	현재 선택 영역
글자(공백 포함)	25,428 자	
글자(공백 제외)	19,396 자	
글자에 포함된 한자 수	0 자	
낱말	5,972 개	
줄	743 줄	
문단	442 개	
쪽	19 쪽	
원고지(200자 기준)	147.3 장	
표,그림,글상자	0 개	

파일 - 문서정보 - 문서통계 - 원고지(200자 기준)에서 확인 예시

해요. 아래한글 프로그램은 작성한 글의 분량이 200자 원고지로 몇 장인지, '문서정보' 확인을 통해 쉽게 알 수 있답니다.

또한 '맞춤법 자동 교정' 기능이 있어요. 이 기능을 실행하면 틀린 부분을 빨간 표시로 알려줍니다. 맞춤법은 글의 정확한 의미 전달을 위해서 꼭 확인해야 해요. 원고를 제출하기 전에 반드시 하는 게 좋습니다. 작가는 글을 다루는 사람이니까, 다른 사람에게 읽힐 자기 글의 이미지를 좋게 하기 위해서라도 제출할 원고는 한두 번 정도 맞춤법과 오탈자를 확인하는 게 좋습니다.

Q (이) 학생이 책을 출간하면 인세는 얼마 받을 수 있나요?

A (정) 20년 가까이 작가로 활동했지만, 인세가 나이에 따라 달라지지는 않았어요. 미성년자라는 이유로 성인보다 적게 주는 예는 없어요. 표준계약에 명시된 조건에 맞춰 인세를 지급하며, 보통 책값의 10%를 인세로 지급합니다. 출판사마다 계약 조건이 다를 수도 있으니 계약 전에 담당자를 통해 물어보거나 계약서에 적힌 해당 내용을 살펴보세요.

Q (이) 책값과 인세는 어떻게 책정되나요?

A (정) 책값은 출판사에서 결정해요. 한 권의 책을 출판하기

까지 큰 비용이 들거든요. 인건비, 마케팅 비용, 디자인 비용, 종잇값, 인쇄비를 모두 고려해서 책값을 결정해요. 보통 책 제작에 쓰이는 비용은 정가의 50~60% 정도이고, 작가가 받는 인세는 10% 정도입니다. 예를 들어 책값이 1만 5000원이면 작가는 그 10%인 1500원을 받는 셈이죠. 만약 1쇄에 2000권을 인쇄해 책이 모두 팔렸다면 작가는 얼마를 받을까요? 책값 1만 5000(원)에 2000(권)을 곱하면 3000만 원이 돼요. 작가는 이 중에 10%인 300만 원을 인세로 받습니다.

책이 나오기 전에 받는 인세를 '선인세'라고 하며, 인세의 일부를 미리 계약금으로 받기도 해요. 나머지 인세는 출간 후에 받습니다. 1쇄가 다 팔리지 않더라도 작가에게 1쇄 출판에 해당하는 인세를 보장해 주고, 2쇄부터는 판매량에 따라 지급하기도 합니다. 계약 조건에 따라 다를 수 있으므로 계약서의 상세 내용을 확인하는 것이 좋아요. 청소년 친구들은 경제 활동을 하거나 계약해 본 적이 없을 테니까 몇 가지 팁을 알려줄게요. 출판사와 계약을 맺을 때는 다음 네 가지를 확인하는 게 좋아요. 하나, 계약금이 언제 지급되는지, 둘, 나머지 인세는 언제, 어떤 방식으로 지급되는지, 셋, 원고 마감 기한은 언제까지인지, 넷, 원고 제출 후 책으로 출간하기까지 얼마나 걸리는지.

Q (이) 원고를 출판사에 투고했다가 거절당하면 파일로 제출한 원고는 어떻게 되나요? 유출되는 것은 아닌지 걱정돼요.

A (정) 출판사에서는 출간할 원고가 아니면 투고받은 원고 파일을 파기합니다. 출판사 입장에서도 원고를 보관하거나, 이 원고를 이용했다가 문제 상황이 벌어지면 난처하기 때문이에요. 예전에 원고를 종이로 받았을 때는 이것을 처리하는 게 큰 문제였어요. 하지만 지금처럼 전자문서로 받으면 바로 삭제하면 됩니다. 출판사는 대체로 1년 계획을 세워 운영해요. 투고 원고가 바로 계약으로 이어지지 않았다면, 이것을 보관했다가 다시 출간을 고려하는 일은 극히 드물어요.

Q (이) 글의 분량이 적을 때, 보완하는 방법이 있을까요?

A (정) 저만의 팁인데요. 우리 친구들을 위해 공개할게요. 글의 여러 문단에서 중간에 있는 어색한 문단을 하나 골라요. 거기에 비슷한 주제의 다른 이야기를 새로 넣는 거예요. 다시 말해 A, B, C, D에서 C가 가장 어색하다면, C와 비슷한 주제로 새로운 소재를 추가하거나 새로운 에피소드를 넣어 보완하는 것이지요. 예를 들어 문해력에 관해 이야기할 때 분량이 부족하면 문해력과 연관된 소재인 어휘력에 대한 새로운 문단을 만들어 넣어 보완하고 보충합니다.

Q (이) 출판사에 초고를 제출한 뒤, 원고 수정은 어떻게 진행되나요?

A (정) 출판사 편집자가 초고를 읽은 뒤 수정을 요청하는 메일을 보내와요. 이때는 보통 PDF 파일로 주고받고, 수정이 필요한 부분에 메모가 적혀있어요. 예전에는 종이 교정지로 확인했지만, 지금은 PDF 파일에 메모를 쓰는 전자문서로 옵니다. 검토한 뒤에는 파일명에 번호를 부여해서 몇 번 교정한 원고인지 구분하는 것이 좋아요. 첫 번째로 검토한 원고가 1번이라면, 다음 검토 파일은 2번이 되는 식입니다. 교정 과정에 맞게 차례대로 파일명에 번호를 붙여요. 출판사에서는 최종본까지 초교-재교-삼교라고 해서 최소 세 번은 교정을 봅니다. 물론 그보다 훨씬 더 많이 보는 경우도 있죠. 아홉 번까지 교정을 봤다는 이야기도 들어봤습니다. 문장 다듬기는 물론 오탈자가 생기는 걸 방지하기 위해서입니다. 출판된 후 오탈자가 책에서 발견되면 출판사뿐만 아니라 작가도 속상해요. 내용 수정 및 오탈자 수정 요청을 받았다면, 책의 완성도를 위해 당연히 해야 하는 일로 여겨야 해요.

Q (이) 원고를 출판사에 보냈는데, 출판사에서 초고 내용이 달라질 정도로 많은 수정을 요구해요. 어떻게 해야 하나요?

A (정) 극단적으로 대답하자면, 계약을 파기하면 됩니다. 하지만 출판사에서 작가를 괴롭히려는 목적으로 수정을 요구하지는 않아요. 출판사 편집자는 작가의 글을 가장 먼저 읽는 첫 번째 독자예요. 다양한 관점으로 읽는 비평가이기도 하고, 책을 완성하기 위해 물심양면으로 도와주는 조력자입니다. 서로 의견이 다르다면 상의해서 타협점을 찾는 게 현명한 해결 방법입니다. 차분히 생각을 정리한 뒤 의견을 출판사에 전달해 보세요. 말은 휘발되기 때문에 메일로 쓰는 게 좋아요. 그렇게 메일을 주고받으며 서로의 생각을 확인하고, 다시 조율을 시도해 봅시다. 우리 친구들은 청소년이니까 출판사의 요구를 그대로 따라야 한다고 생각할 수 있지만, 그렇지 않아요. 본인의 생각을 정확히 전달하고, 다른 생각도 받아들이는 자세는 나이와 상관없이 창작자로서 지녀야 할 태도랍니다.

Q (이) 글을 쓸 때 한 편을 완성한 뒤 다른 작품을 쓰시나요? 아니면 두 작품을 번갈아가며 동시에 쓰기도 하나요?

A (정) 두 작품을 한꺼번에 쓰지는 않아요. 마감이 정해진 책이 두 권이라면 쓰던 원고를 멈추고, 다른 작품의 시놉시스를 써놓는 정도지요. 써야 할 책의 자료를 조사해 놓을 수도 있고요. 그 정도만 준비해 두고 쓰던 원고에 집중해요. 만약

다른 원고를 꼭 써야 한다면, 쓰던 작품을 일단 멈추고 급한 원고를 먼저 완성한 뒤에 다시 쓰던 작품으로 돌아옵니다. 왜냐하면 집중하지 못한 채 쓴 글은 독자가 먼저 알아보기 때문이에요. 그래서 독자를 위해서라도 한 편을 완성하고 다음 글을 시작하지요. 현재 내 앞에 있는 글에 최선을 다해요.

Q (이) 내 이름이 적힌 책이 인쇄되어 세상에 나오면 어떤 기분이 들어요? 작가들의 반응이 어떤지 궁금해요.

A (정) 저처럼 작가 활동을 오래 한 베테랑 작가는 책이 나오면 얼마나 팔릴까를 먼저 생각해요(한숨). 신인 작가와 달리 주변의 기대가 있어서 그에 따른 부담이 있지요(웃음). 물론 뿌듯함도 큽니다. 작가로 오래 활동해 왔다는 안정감도 느끼고요. 한꺼번에 여러 감정을 느끼기보다 스쳐가는 바람처럼 순간마다 다른 느낌이 찾아와요. 신인 작가는 아마도 세상을 다 가진 기분이지 않을까 싶네요. 그 기쁨을 만끽하고, 그 기분을 계속해서 좋은 책을 쓸 수 있는 자양분으로 삼길 바랍니다.

Q (이) 유튜브 크리에이터처럼 자기만의 콘텐츠를 직접 책으로 제작해 저자 활동을 할 수도 있나요?

A (정) 유튜브로 성공한 사례가 자주 소개되면서, 한때 유튜

버가 학생들 사이에서 장래 희망 1위였습니다. 지금은 유튜버가 되기를 희망하는 학생 수가 줄었다고 해요. 왜냐하면 진입 장벽은 낮지만 성공하기가 어렵거든요. 성공한 사람은 소수에 지나지 않아요. 책도 비슷합니다. 독립출판을 통해 누구든 자기 돈으로 책을 만들고 저자 활동을 할 수 있어요. 다만, 수익을 기대하기는 어렵습니다. 내 책을 한 권 출간하는 것에 의의를 둔다면 모를까, 수익 없는 창작 활동은 오래 하기 어려워요. 자비를 들여 출판한다면 몇 권까지 출간할 수 있을까요? 작가로 오래 활동하기를 원한다면 출판사와 정식 계약을 맺고, 창작에 대한 보상을 받으며 인정받는 작가가 되길 권합니다.

Q (이) 일반인들이(교사, 학생 포함) 책을 읽어주거나 책을 소개하는 유튜브 채널에 대해 작가로서 어떻게 생각하세요?

A (정) 지금처럼 출판이 불황인 시대에는 그것도 책을 홍보하는 방법으로 좋다고 생각해요. 다만 책 관련 방송은 조회 수가 많지 않아요. 관심을 끌려고 책 내용 전체를 소개하거나 읽어주는 채널도 간혹 있던데, 보통 책 본문의 10%를 넘기지 않는 선에서, 저작권을 침해하지 않는 선에서 소개해야 해요(출판사마다 기준이 다르기 때문에 꼭 해당 출판사에 문의를 해보아야 합니다). 그 부분을 잘 지킨다면 채널 구독자가 책에 호기심을

느껴 책의 독자가 되는 선순환이 될 수 있을 거예요.

Q (이) 작가님은 언제, 왜 글을 쓰기 시작하셨나요? 시작했을 때의 감정은 무엇이었나요?

A (정) 2003년에 습작을 시작했어요. 봄이었던 것으로 기억해요. 글을 쓰겠다고 대단한 각오를 한 것은 아니었어요. 큰 기대 없이 '한번 써볼까?'로 시작해 여기까지 왔어요. 몸과 마음에 힘을 빼야 오래도록 글을 쓸 수 있어요. 그러니 우리 친구들도 그냥 한번 시작해 보세요.

Q (이) 출판한 책 중에 가장 만족스러운 책과 가장 불만족스러운 책은 무엇인가요?

A (정) 모든 책이 만족스럽고, 모든 책이 불만족스러워요. 말장난 같지만 만족과 불만족을 동시에 느끼기 때문에 안주하지 않고, 다음 책을 계속해서 생각하고 준비합니다.

Q (이) 작가님이 집필한 작품 중에 가장 유명하다고 생각되는 책은 무엇인가요?

A (정) 지금 쓰고 있는 책이라고 생각해요. 평판에 따라가는 글은 좋은 글이 될 수 없어요. 작가로 '롱런'하고 싶다면 지금

쓰고 있는 글이 최고라고 생각하는 단단한 자세가 필요해요.

Q (이) 제일 글쓰기 싫을 때는 언제인가요?

A (정) 제게 글쓰기는 숨쉬기와 같아요. 자연스럽게 몸에 익었고, 싫다고 안 할 수도 없는, 일종의 나를 살리는 자연스러운 습관 같은 거예요. 글쓰기 좋은 키보드, 적당한 책상 높이, 눈이 편한 채광이 갖춰져 있다면 글쓰기가 더욱 편하지요. 그런데 두 시간을 넘게 글을 쓰다 보면 이런 환경적인 요소도 크게 작용하지는 않는 것 같아요. 때론 낯선 환경에서 새로운 마음으로 집중해서 쓸 때도 있거든요. 마음에 드는 외부 조건을 찾기보단 글 쓰는 행위 자체에 집중하는 것이 감정에 휩쓸리지 않고 꾸준히 해나가는 방법일 거예요.

책 출간,
이렇게 하세요!

 오랜 시간과 큰 노력을 들여 만든 우리의 소설을 출간까지
해보고 싶은 친구들, 선생님들이 있겠지요? 그들을 위해 소개
하는 '셀프 출간 매뉴얼' 코너입니다. 어떤 단계를 거쳐 책이
출간되는지 궁금하다면 차근차근 읽고, 직접 출간해 보세요.

Q 출간을 위해 필요한 추가 작업은?

본문 외에 책의 모양새를 생각하며 갖춰야 할 요소가 더 있답니다. 표지와 삽화를 디자인하고 자기(저자)를 소개하는 글과 서문 등을 써서 책의 완성도를 높여봐요.

❶ 책의 형태, 크기(판형) 정하기

책의 크기를 판형이라고 해요. 널리 쓰이는 한국식 판형으로는 A4판(종합잡지), A5판(교과서, 단행본), A6판(문고), B4판(신문, 생활정보지), B5판(참고서), B6판(단행본) 등이 있어요. 인쇄 · 제본할 때 종이를 낭비하거나 글자가 잘리지 않도록 책의 크기를 미리 결정하는 거예요. 크기를 가늠할 수 없다면, 인터넷에서 주문할 수 있는 인쇄 사이트를 찾아서 살펴봐요. A5(148×210), 신국판(152×225), 크라운판(176×248), B5(188×257), A4(210×297), A3(297×420) 등 다양한 판형을 확인할 수 있어요(괄호 안의 단위는 mm예요). 작성한 글의 내용과 분량에 맞는 판형을 선택하세요. 판형은 다양하게 있지만 대개 익숙한 책의 크기를 고르게 됩니다. 일반적으로 서점에서 가장 많이 볼 수 있는 판형이 신국판(152×225)이에요. 소설책, 수필집 등에 흔히 사용되는 판형이지요. 그림책이

A4(국배판)
문제집, 논문집
(210×297)

B5(46배판)
학습, 참고서
(188×257)

크라운판
교재, 어린이
(176×248)

신국판
소설, 에세이
(152×225)

A5(국판)
단행본, 교과서
(148×210)

B6(46판)
시집, 에세이
(128×188)

A6(국반판)
문고본
(105×148)

판형 종류

나 특수 분야의 책은 규격 외 판형도 많이 사용됩니다.

　판형을 결정했으면 아래한글 프로그램에서 본문을 편집해요. 판형은 '쪽-편집 용지' 또는 '단축키 F7'을 눌러서 선택할 수 있어요. 프로그램에 지정된 판형이 있고, '사용자 지정'으로 정할 수도 있어요. 책이 나왔을 때 크기(재단 크기)보다 3mm씩 여백을 더 줘서 정해야 하고, 재단 후 손실되는 부분이 없도록 하는 것이 좋아요. 예를 들어, 신국판(152×225)의 경우는 상하, 좌우에 각각 3mm씩 여백을 더 주면 실제로는

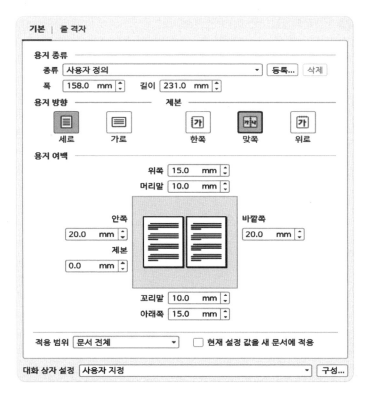

아래한글 편집 용지

가로, 세로에 6mm가 더해집니다. 폭×길이가 158×231이
되는 것이지요. 책 모양의 기본이라고 할 수 있는 판형과 여백
을 잘 맞춰서 작업을 시작해야 쓴 글이 잘려 나가는 인쇄 사고
를 예방할 수 있어요. 다음으로 용지 방향은 일반적으로 세로
를 선택해요, 제본은 '맞쪽'으로 설정합니다.

❷ 판형을 정했다면 이젠 판면 살피기

일반적으로 편집과 제작은 출판사가 담당하지만, 이 과정까지 직접 경험해 본다면 취향에 맞는 책을 완성하는 기쁨을 느낄 수 있어요. 책 편집은 완성된 원고를 실제 출판물처럼 디자인하는 과정을 말해요. 표지 및 속지 디자인과 전체 레이아웃을 먼저 결정한 후에 책의 분위기나 예상 독자, 홍보 방향을 고려해서 서체나 글자 크기 등을 정하는 것이 일반적이에요. 먼저 제목과 내용에 어울리는 글자 크기와 모양을 정해요. 원고에 들어갈 사진이나 삽화를 골라 크기와 위치도 정하지요. 새로운 단락이나 장이 시작될 때, 같은 형태로 레이아웃을 할지 다르게 할지 선택해요. 페이지를 표시할 숫자의 위치와 모양도 결정하고요. 서체나 레이아웃을 설정할 때, 너무 미적인 부분에만 집중하면 가독성이 떨어질 수 있으니 유의하세요. 책의 전반을 두루 훑어보며 철저하게 최종 점검을 해야 해요. 표지 및 속지 디자인이 전체적으로 조화로운지, 통일성이 있는지 검토해요.

❸ 책 표지, 삽화를 넣어 이미지 입히기

표지는 첫인상을 결정하는 책의 얼굴이라고 할 수 있어요. 제목, 지은이, 출판사 등 책의 서지 정보를 제공하는 동시에 책의 내용을 대표하는 이미지를 갖추어야 해요. 또한 독자의 시선을 끌 수 있어야 하고요. 표지 디자인은 책의 형태와 색, 크기, 질감도 고려해야 하죠. 표지의 전체적인 조화와 완성도에 따라 책의 매력이 달라져요. 시중에 나와 있는 책이 주제와 내용에 따라 어떤 형태와 디자인을 갖추고 있는지 먼저 확인해 보는 것이 좋아요. 인터넷 서점은 책의 실물 크기나 표지의 질감을 확인하기 어려우니 가까운 도서관이나 서점에 찾아가서 전시된 책을 비교 분석해 보며 아이디어를 얻는 것이 좋아요.

● 앱을 이용해 스스로 책 표지 디자인에 도전한다면?

이미지 편집을 직접 하려면, 프로그램 설치 없이 이미지 보기를 제공하는 웹사이트를 이용해 손쉽게 디자인할 수 있어요. 무료 버전에서도 기본적인 항목은 사용할 수 있답니다. 만약 선생님이라면 재직 인증을 받아 유료 버전을 자유롭게 쓸 수도 있어요. 삽화부터 사진, 폰트까지 저작권 걱정 없이 사용할 수 있고, 미리 디자인해 놓은 서식(샘플 문서) 페이지로 바로 이동하여 쉽게 편집할 수 있어요. 학생들이 직접 해보기에 편리하지요. 클릭 몇 번으로 제목 디자인, 배경색 설정이 바뀌어요. 마음에 드는 디자인 요소를 선택해 나만의 책 표지를 만들 수 있어요. 직접 쓴 이야기를 담은 책인 만큼 필자의 감성이

가득한 표지를 만들어도 되겠지요. 장르소설, 순수문학, 교양 도서까지 취향대로 꾸밀 수 있어요. 같은 템플릿도 편집에 따라 다른 디자인이 나오기 때문에 남들과 같은 표지가 나올까 봐 걱정할 필요는 없어요. 앞표지를 완성했다면 페이지를 추가하여 복사한 본문 글을 저장하고 삽화를 배치하여 속지를 이어서 작업해요. 뒤표지는 앞표지 디자인과 연결하거나 비슷한 배경색을 선택하여 통일감을 주는 것이 일반적이에요. 모든 작업이 완료되면 템플릿 제목을 입력해서 작업 내용을 저장해 놓고, 언제든 편집할 수 있어요. JPG, PPT, PDF로 파일 양식을 선택하여 내려받기할 수 있고, 내려받은 파일은 복사하거나 인쇄할 수 있답니다.

● 전문가가 괜히 있나? 전문 업체에 디자인 의뢰하기

디자인 전문 업체마다 제공하는 무료 도안이 있어 그것을 활용할 수 있어요. 하지만 디자인 사용이 제한적이라는 단점이 있지요. 비용을 들여 업체에 디자인을 요청하면 깔끔하고 세련된 샘플을 받아볼 수 있어요. 주문했던 디자인이 아니라면 수정을 요청하여 인쇄 전까지 추가 논의를 진행해요. 표지 문구와 작성한 원고는 한글 파일로, 사진은 사진 파일로 각각 보내면 업체가 가지고 있는 삽화와 폰트로 디자인한 샘플을 확인할 수 있어요. 폰트 모양과 크기, 삽화, 전체적인 구성에서 빠진 부분이 없는지 검토하여 발주합니다.

❹ 작가 소개, 서문 등 부속 자료 챙기기

작가 소개는 글을 쓴 사람이 누구인지 알려주는 거예요. 작가의 학업, 직업, 경험은 독자가 책을 선택하는 요인이 됩니다. 서문은 머리말이에요. 미리보기처럼 독자가 책의 내용을 예측하게 도와주는 큰 밑그림이죠. 책을 쓰게 된 계기, 예상 독자, 책의 주제, 내용과 구성, 독자가 얻게 될 좋은 점, 독자들이 알아야 할 유의 사항, 다른 책과의 차별점, 자기 삶이나 작품 활동에 도움을 준 사람에게 전하는 감사도 서문에 담겨 있어요. 서문을 쓰는 방식은 따로 정해져 있지 않지만 순서는 있어요. 원고를 다 쓴 뒤 마지막에 써요. 이 책이 무엇에 관한 책인지, 어떻게 읽어야 하는지 등은 책을 다 쓰기 전에는 모르기 때문이지요. 서문의 각 구성 요소를 살펴보며 요소마다 서너 줄로 답한 후 자연스러운 흐름이 되도록 다듬어 보아요. 분량은 간결하게 A4 기준으로 1~1.5페이지 정도로 쓰는 것이 좋아요.

책날개가 있는 형태의 책을 출간하기도 해요. 책날개에 주로 들어가는 항목은 작가 소개나 사진, 추천 도서와 사진, 시리즈 목록 등이 있어요. 책날개뿐만 아니라 책 띠지를 제작하여 덧씌울 수도 있어요. 독자의 시선을 끌 만한 문구나 그림을 넣어 홍보 효과를 높여요.

Q 인쇄, 제본 제작을 하려면?

제작 과정에는 인쇄하기와 제본하기가 있어요. 인쇄는 잉크를 이용해 종이에 글이나 그림을 표현하는 일을 뜻해요. 낱장마다 인쇄된 종이를 모아서 실이나 철사로 묶고 재단한 후 표지를 붙여서 책으로 만드는 일은 제본이라고 해요. 자기가 직접 할 수도 있고 업체에 맡길 수도 있어요. 분량이 많지 않으면 직접 인쇄하여 표지를 붙여 책을 만들 수 있지요.

　일반 인쇄업체에 소량을 주문하면 대량 주문보다 권당 가격이 비싸게 청구됩니다. 권당 가격은 인쇄 권수가 적을수록 비싸지고, 많을수록 저렴해요. 소량 주문은 일반 인쇄업체보다 소량 제작을 전문으로 하는 인터넷 업체에 주문하는 것이 훨씬 저렴할 수 있어요. 인터넷 업체 홈페이지에서 표지 디자인을 고르고, 본문 인쇄 시 컬러 여부를 결정한 다음, 분량(총 페이지)을 입력하여 한 권당 지출 비용을 확인한 뒤, 인쇄 부수를 결정할 수 있어요. 예산이 얼마나 필요한지 확인하고 싶다면, 자동 견적 서비스를 통해 바로 확인할 수도 있습니다.

한정된 예산 안에서 지출해야 한다면 특히 큰 비중을 차지하는 제작 비용이 부담될 수 있어요. 출판 견적을 먼저 알아본 뒤에 예산 범위 내에서 인쇄 부수와 컬러 여부를 결정하길 권해요. 인쇄 부수는 배부 도서, 보관 도서, 제출 및 전시용 도서를 고려해서 정하도록 해요. 또 표지와 속지의 디자인이나 종이 재질이 견적에 영향을 미쳐요. 컬러 인쇄인지 흑백 인쇄인지에 따라서도 가격이 다르게 책정되니까 거래처를 정한 후에 예상 견적을 받아보는 것이 정확합니다. 컬러 인쇄는 흑백 인쇄에 비해 2/3 정도 추가 비용이 들어요. 인쇄 시 한 판에 들어가는 페이지 수가 정해져 있어서, 일부분만 컬러로 인쇄할 때는 의뢰하기 전에 업체와 꼭 상의할 필요가 있어요.

제본 방식도 다양해요. 무선 제본, 하드커버(각), 사철 제본, 스프링제본 중 무선 제본이 대표적이며, 하드커버는 32쪽이 넘는 분량부터 가능해요. 표지의 경우 무광 코팅, 유광 코팅이 있고, 아예 코팅 없는 표지를 선택할 수도 있어요. 본문 용지는 고급지, 일반지, 특수지 중 선택하여 용지의 두께(g)를 정하면 돼요. 종이 샘플의 실물을 받아서 확인하고 제작업체를 결정할 수 있어요.

인터넷 업체를 소개하자면 북랩(book.co.kr), 밥북(bobbook.

co.kr), 패스트북(fastbooks.co.kr), 디지프린트(digiprint.kr) 등 이 있어요. 이 외에도 북토리(booktory.com), 우리학교인쇄 (schoolp.co.kr)와 같은 인터넷 사이트가 있는데, 이곳은 학교 에서 주문하면 인쇄가 완료된 뒤 입금할 수 있다는 장점이 있 어요. 다른 인터넷 업체의 경우 사전 결제를 해야 책을 제작 해요. 따라서 학교에서 단체로 책을 제작하는 경우에는 인터 넷 업체에 학교 주문 제작이라는 것을 밝히고, 행정실과 그 과 정을 상의한 후 도움을 받으며 진행해 나갈 필요가 있어요. 인 쇄를 맡기고 택배로 받기까지 2주 정도 걸리니까 출판기념회 에 맞추려면 기간을 여유 있게 주문하는 게 좋아요. 업체에서 제공하는 편집본을 확인하고 수정을 요청하거나 발주합니다. 이때 두세 번 재차 확인하는 것이 좋습니다. 학생들 혹은 다른 교사들의 도움을 받아 검토하는 것도 하나의 방법이에요. 최 종 점검이니 신중하게 하자는 의미도 있고, 간혹 기본적인 내 용을 놓치고 있다가 갑자기 보여 수정하기도 하거든요. 다음 은 인터넷으로 편집에서 인쇄 제본까지 직접 선택해서 완성 된 책을 받아 볼 수 있는 웹사이트에요.

- 북토리(booktory.com)
- 부크크(bookk.co.kr)

- 쿨북스(coolbooks.co.kr)
- 우리학교인쇄(schoolp.co.kr)

예산은 없지만 출판하고 싶다면 '텀블벅(tumblbug.com)'을 통해서 크라우드 펀딩(인터넷에서 일반 개인들로부터 투자 자금을 모으는 방식)을 할 수 있어요. 책을 내는 방법은 대체로 둘 중 하나예요. 출판사에 투고해서 선택받거나, 연재 플랫폼에서 인기를 얻어 출판사로부터 출간을 제안받는 것이죠. 두 가지 모두 아주 소수에게만 기회가 돌아갑니다. 물론 독립출판이라는 대안은 이전에도 있었어요. 하지만 비용을 작가가 부담해야 하고, 수요를 예측하기 어렵기 때문에 선뜻 도전하기 어려웠지요. 책이 모두 판매될 때까지 작가가 재고를 떠안고 있어야만 하니까요. 크라우드 펀딩은 이런 독립출판의 단점을 해결해 줍니다. 작가는 후원자들이 주는 선지급금을 통해 경제적 손실 없이 출판 자금을 모을 수 있어요. 참신한 원고와 이목을 끄는 편집 능력만 있다면 누구든 내 책을 올릴 수 있어요. 크라우드 펀딩에 홍보 글을 쓰고 후원자에게 줄 선물도 정해요. 책의 가치를 인정하는 후원자의 도움으로 펀딩 프로젝트가 성공한다면, 내 책에 대한 잠재 수요자도 예측할 수 있고, 사회 연결고리를 새삼 느끼는 색다른 기쁨을 맛볼 수 있습니다.

| 인쇄 주문 전 점검할 내용 |

항목	점검 내용	기재 내용	체크란
인쇄 부수	인쇄 부수는 총 몇 부인가?	부	
판형	판형의 크기는 정했는가?		
면수	인쇄할 총 페이지는 몇 쪽인가?	쪽	
	그중 칼라 인쇄할 부분은 몇 쪽인가?	쪽	
책 표지	책 표지 디자인은 정했는가?		
	표지 디자인은 어떤 업체에 의뢰할 것인가?		
서문	서문은 작성했는가?		
책날개	책 표지에 책날개가 있는 형태로 할 것인가?		
종이	본문은 어떤 종이로 할 것인가?		
간지	간지는 넣을 것인가?		
면지	앞뒤 면지를 넣을 것인가?		
	면지는 어떤 색으로 할 것인가?		
분책	학생별로 분책하여 인쇄할 것인가?		
	분책으로 몇 부 인쇄할 것인가?	부	
	칼라 인쇄할 부분은 몇 쪽인가?	쪽	

완성된 책자를 언제 받을 수 있나요?	월	일
예상 견적은 얼마인가요?		원
결제는 어떤 방식으로 하나요?		

Q 인쇄 없이 전자책으로 만들고 싶다면?

최근에는 종이책뿐만 아니라 전자책도 하나의 매체로서 자리 잡았습니다. 전자책에 대한 수요도 빠르게 늘어나고 있죠. 물리적 제약이 적고, 다양한 웹브라우저에 접속하여 최적화된 형태로 볼 수 있으며, 종이책보다 가격이 저렴한 장점이 있어요. 처음부터 일정 수량의 책을 인쇄해야 하는 종이책과 달리 전자책 발간은 수량에 대한 고민이 없습니다. 컴퓨터, 태블릿 아이패드, 스마트폰 등에서 볼 수 있도록 디지털 파일 형태로 제작해 책으로 출간하니까요. 이처럼 전자책과 종이책은 담는 매체의 형태와 보여주는 형식이 다릅니다.

전자책은 어떻게 만드는지 살펴볼까요? 우선 전자책에 포함할 콘텐츠(원고)를 작성해요. 일반적으로 워드프로세서나 전문적인 전자출판 도구에 작성하여 원고를 완성해요.

다음으로 전자책을 구성할 형식을 선택합니다. 크게 두 가지 방식이에요. EPUB(Electronic Publication, 국제 디지털출판 포럼에서 제작한 전자책의 기술 표준 파일확장자로 열람할 수 있도록 만들어진 파일 형태) 파일과 PDF 파일. 각 형식은 특징이 다르므로, 상황에 맞게 선택해야 해요. 예를 들어, PDF는 종이책 제작용 파일이라서 이를 그대로 전자책으로 만들면, 독자가 사용하는 디바이스가 달라도 보여지는 글자 크기와 글꼴은 정해져 있어요. 종이책을 인쇄할 때와 같은 레이아웃과 편집이 고정되어 있어 스마트폰같이 작은 화면으로 볼 때, 가독성이 많이 떨어져요. 그래서 인터넷 서점에서 유통하는 전자책은 보통 EPUB 파일 형식으로 제작하지요. 이 형식은 리플로우(reflow) 기능이 있어서 어떤 기기에서 읽든지 디바이스의 화면 크기에 맞게 페이지가 재구성됩니다. 그래서 가독성이 좋지요. 하지만 텍스트나 이미지를 수정하는 방법이 어렵기 때문에 개인이 제작하기에는 어려울 수 있어요. 또 책의 서식에 따라, 이미지, 레이아웃을 얼마나 쓰느냐에 따라 제작 비용이 달라지기도 해요. 만약 이미 종이책으로 만든 파일이 있어서 PDF로 전자책을 만든다면 특별히 추가 비용이 들지 않겠지요. 종이책으로 만들어진 파일이 없더라도 샘플 원고 파일, 무료 표지 등을 이용하여 셀프 편집하면 전자책 제작비를 절감

할 수 있어요. 전자책을 구성하는 형식에 따라 디자인 방법이
다르지만, 전자출판 도구에서 제공하는 디자인 요소를 사용하
면 어렵지 않게 할 수 있어요.

다음은 학교에서 체험형으로 많이 활용하는 사이트인 '캔바
(canva.com)'와 '북크리에이터(app.bookcreator.com)'를 이용해
서 전자책을 디자인하고 출간하는 방법이에요. 캔바와 북크
리에이터는 교사용이라 무료로 사용할 수 있고, 다수의 학생
을 초대하여 동시에 작업할 수도 있어요. 전자책 출판을 위한
전문적인 기능도 제공해요.

❶ 캔바를 사용하여 디자인 작업을 진행해요. 캔바는 다양한
템플릿을 제공하며, 누구나 쉽게 디자인 작업을 할 수 있어요.
전자책의 내용과 목적에 맞게 디자인합니다.

- 캔바(canva.com) 웹사이트에 접속해 교사용 계정을 만듭니다.
- '사용자 지정 크기' 옵션을 선택하여 전자책 페이지의 크기를
  설정합니다.
- 텍스트, 그림, 배경 등을 포함한 전자책 페이지를 디자인합니
  다. 각 페이지를 추가하고, 필요한 내용을 추가하여 전체 디자
  인을 완성합니다.

❷ 북크리에이터(app.bookcreator.com)에 로그인하여 새로운 프로젝트를 생성해요. 북크리에이터는 전자책 제작을 위한 전문적인 도구로, 캔바에서 디자인한 이미지나 그래픽을 손쉽게 연동할 수 있어요.

- 캔바에서 디자인한 전자책을 내보내기 위해 PDF 파일로 다운로드합니다. 이를 위해 캔바의 '다운로드' 옵션을 사용합니다(원하는 페이지 순서로 PDF 파일을 정렬해야 합니다).
- 북크리에이터 웹사이트에 로그인하고, '새 프로젝트 만들기' 옵션을 선택합니다.
- '파일 업로드' 버튼을 클릭하여 캔바에서 다운로드한 PDF 파일을 업로드합니다.
- 북크리에이터는 업로드한 PDF 파일을 자동으로 처리하여 전자책 형식으로 변환합니다.

❸ 북크리에이터에서 전자책의 페이지 구성과 디자인을 수정하고 출판합니다. 캔바에서 디자인한 이미지를 삽입하고, 텍스트를 추가하여 전자책의 레이아웃을 구성해요. 또한 페이지 전환 효과 및 화면 크기, 폰트, 색상 등을 설정할 수 있어요.

- 북크리에이터의 편집기를 사용하여 전자책의 디자인을 수정합니다. 책 표지, 목차, 페이지 번호 등을 추가 또는 수정할 수 있습니다.
- 전자책의 디자인이 완료되면, '출판' 또는 '저장' 버튼을 클릭하여 최종 파일을 생성합니다.
- EPUB 형식의 최종 파일을 생성하여 다양한 전자책 플랫폼에서 사용할 수 있습니다.

❹ 북크리에이터에서 EPUB 파일을 생성하여 전자책을 플랫폼에 업로드하면 전자책을 확인할 수 있어요.

- 생성된 EPUB 파일을 전자책 플랫폼(예: 아마존 Kindle Direct Publishing, Apple Books, Google Play Books 등)에 업로드합니다.
- 업로드된 전자책을 플랫폼에서 검토하고 출판 승인을 하면, 사용자들이 전자책을 구매하고 다운로드할 수 있게 됩니다.

전자책을 상업적으로 출판하고자 하는 경우에는 저작권, 배포 방법 등을 추가로 고려해야 하니까 해당 내용을 더 알아보세요. 더 많은 독자를 만나기 위해 책을 유통하려면 전자책도 반드시 출판 등록을 해야 해요. 출판사를 거치지 않고 책을 출간하고 싶다면, 자가 출판 사이트를 이용하여 저자로 등록하고 원고를 보내세요. 전자책 출판에서 유통까지 대행해 주고 판매된 책의 인세를 정산해서 입금해 줍니다. 이때 자기 목적에 맞는 전자책 출판 서비스는 무엇인지, 어떤 출판사에서 책을 출간할 것인지, 주 독자는 누구이고, 어떤 곳에 유통해야 할지 등을 미리 고려해서 알아보고 점검하는 게 중요해요. 누구든 좋은 콘텐츠만 갖고 있다면 책을 만들 수 있는 시대입니다. 전자책으로 나만의 책 만들기에 도전해 봐요.

Q 납본은 꼭 해야 할까?

보통은 인쇄, 제본까지 끝내고 실물 책을 받으면 책이 출간됐다고 생각할 거예요. 그런데 거쳐야 할 관문이 하나 더 있어요. 출간물로서 인정받고 유통하려면 등록해야 합니다. 어쩌면 책 한 권이 만들어지는 것은 '한 사람의 일생이 오는 과정'처럼 어마어마한 일일지도 모릅니다. 정현종 시인이 〈방문객〉이라는 시에서 사람이 온다는 건 "그의 과거와 현재 그리고 미래가 함께" 오는 것이라고 말한 것처럼요.

새 생명이 태어나면 부모는 관공서에 찾아가 출생신고를 해서 아기의 탄생을 정식으로 인정받습니다. 책도 마찬가지입니다. 책의 고유 번호를 부여받아야 해요. 책 뒤표지, 바코드 아래에 적혀있는 ISBN(국제표준도서번호, International Standard Book Number)이 그것입니다. 먼저, 국제표준도서번호까지 받았다면 이젠 납본을 해야 합니다. 납본이란 새로 발행·제작된 출판물의 견본을 국립중앙도서관에 의무적으로 제출하는 것을 말해요. 단순 배포용이 아닌 출판물이라면 납본을 꼭 해야 한답니다. 출판사를 통해 출판하는 경우는 출판사에서 대리하는 일이지만, 1인 출판의 경우에는 납본도 직접 해야 해요. 전자도서도 정식 인증을 받으려면 납본해야 하고요. 현행 대한민국 도서관법에는 벌칙 조항이 없어서 납본하지 않더라도 법적 처벌을 받지 않아요. 대신 정부 보조금을 삭감하거나 정부 주관 전시회에 참가권을 주지 않는 경우가 생기기도 한대요.

● 대한민국에서는 도서관법 제20조(도서관 자료의 납본)에 의거하여, 어느 누구든 도서관 자료를 발행 혹은 제작한 경우에는 그 발행일 혹은 제작일로부터 30일 이내에 해당 자료를 국립중앙도서관에 납본하도록 되어 있다. 수정 증보판인 경우에도 동일하게 적용되며, 국제표준자료번호를 부여받은 온라인

자료의 경우에도 제21조에 따라 납본하도록 하고 있다.

● 납본의 대상이 되는 '도서관 자료'로는 인쇄 자료, 필사 자료, 시청각 자료, 마이크로 형식 자료, 전자 자료, 그리고 장애인을 위한 특수치료 등 지식정보자원 전달을 목적으로 정보가 축적된 모든 자료로 도서관이 수집, 정리, 보존하는 자료를 말한다.

국립중앙도서관에 ISBN 등록을 하고, 납본 절차를 밟으려면 포털사이트에서 '서지정보 유통지원시스템'을 검색해요. '국립중앙도서관 ISBN·ISSN·납본 시스템(nl.go.kr)'에 들어가면 직접 등록할 수 있어요. 도서관 자료 납본서, 도서관 자료 보상 청구서 서식에 따라 정보를 입력해요. 내가 출간한 책 두 권(본존용, 열람용)을 국립중앙도서관에 우편으로 보내거나 직접 방문해 제출합니다. 납본 보상 금액은 열람용 한 권에 한해 청구할 수 있어요. 국립중앙도서관 누리집에 내 책이 등록되어 검색에 보이기까지는 약 한 달 정도 걸리고, 전화로 문의하면 사전에 확인할 수도 있어요.

| 부록 3 |

선생님을 위한
책 쓰기 활동 지도법
A-Z

학생들과 함께 책 쓰기 활동을 해보고 싶은 선생님들을 위해 준비했습니다. 현직 사서 교사인 이지현 선생님이 대답해주는 Q&A 모음집입니다. 책 쓰기 활동에 참고할 만한 꿀팁과 그에 따른 행정적 절차를 안내하는 내용을 담았으니 유용하게 활용할 수 있을 거예요.

Q 책 쓰기 준비 어떻게 하면 될까요?

함께 글을 쓰는 책 쓰기 활동을 통해 학생들은 나를 솔직하게 표현하고, 잠재된 글쓰기 재능을 발견할 수 있어요. 개인의 취향과 관심사를 드러내면서 친구들끼리 서로를 이해하는 기회도 되고요. 또한 선생님은 공동의 목표를 위해 협력하는 친구들의 멋진 모습을 볼 수 있는 활동입니다. 책 쓰기 활동은 학교 상황과 선생님의 의지에 따라 다양한 형태로 운영할 수 있어요. 교과나 창제 시간을 활용하여 학급 아이들과 프로젝트로 운영할 수 있고, 학생 동아리나 방과후 교실에서 시도해 볼 수도 있어요. 대상 학생을 선정하는 방법도 학급별, 학년별, 학년군별 등 여러 가지입니다. 다만 개별 지도가 필요한 활동인 만큼 적정 인원은 정해두는 게 좋아요. 20명 내외 정도여야 운영이 효율적이에요.

운영 형태와 대상을 고민하는 것도 중요하지만, 우선 원활한 활동을 위한 예산이 충분한지 확인해야 해요. 전년도 운영 여부와 예산을 확인하고 만약 예산이 부족하다면 어느 정도인지, 추가 지원이 가능한지를 관리자, 행정실장, 담당자가 사전에 협의해야 합니다. 이때 다른 부서 사업과 협력하여 예산을 확보할 수도 있어요. 단독으로 운영하길 원한다면 행정실에 추경예산을 요청해 안정적인 지원을 약속받는 게 좋아요. 학교에서 추가 예산을 지원받기 어렵다면, 지자체나 교육청 공모사업에 신청해 여유 있는 재원 확보에 도전해 볼 수도 있지요.

공모사업이란 학교에 배정된 예산이 아니라 외부에서 자원을 지원해 주는 사업이에요. 여기서 자원은 프로그램, 인력, 강사료, 재료비, 운영비 등을 포괄합니다. 공모사업 신청서를 제출하여 선정돼야 프로그램을 운영할 수 있어요. 해당 공모사업의 취지와 방향에 맞으면 그 안에서 프로그램을 원하는 방식으로 운영할 수 있는 게 장점이지요. 다만 예산 활용은 100% 자유롭지는 않아요. 해당 예산은 얼마 이상 쓸 수 없다는 등 몇 가지 제한이 있을 수 있거든요. 지원 공고에 첨부된 운영 방침을 꼭 먼저 확인하세요. 또한 공모사업인 만큼 성과물과 결과 보고서도 제출해야 하니까 염두에 두고 운영하세요. 정부산하기관에서 주최하는 출판 사업이나 교육청 주최 책 쓰기 공모사업은 해마다 있으니, 전년도 공문이 내려온 시기를 확인하고 조건을 살펴서 미리 준비해요. 신청 기한 내 응모가 원칙이니 특히 기한을 잘 기억해 두시고요. 문화체육관광부 산하 한국출판문화산업진흥원의 우수 출판콘텐츠 지원 사업, 지역교육청 학생 책 쓰기(동아리) 공모사업 등이 대표적입니다.

예산이 확보되었다면 운영 형태를 정해야 합니다. 학급 학생만을 대상으로 운영할지, 학교 방과후 프로그램이나 학생 동아리를 조직하여 모집된 학생들과 함께 할지를 결정해요.

학급 책 쓰기 프로젝트는 내용 측면에서 모든 교과목과 융합하여 수업할 수 있어요. 국어+독서, 국어+진로, 국어+창체 등 교과를 통합하고 충분한 기간을 확보하여 장기 계획을 세운다면 학급만의 특색 있는 한해살이를 경험할 수 있습니다. '학급 한 책 쓰기'와 같이 학급의 공통 주제를 함께 골라 학생들이 각기 쓴 글을 묶어내는 방법도 있고요. 모둠별로 자유 주제를 선택해 자율과제로 학생이 쓴 글을 각각 묶는 방법도 좋습니다. 책을 쓴다는 공통의 목표를 이루기 위한 특색 있는 운영을 계획할 수 있어요.

여기서 잠깐, 책 쓰기와 학급 문집은 다릅니다. 둘은 구분해야 해요. 책 쓰기는 주제 의식을 가지고 무엇을, 어떻게 전달할지 정하고 쓰는 글이에요. 또한 책 쓰기는 예상 독자를 의식하며 독자에게 다가가는 글을 써야 해요. 여기서 독자는 학교 친구, 부모님, 선생님일 수도 있겠지요. 독자가 읽었을 때 이해하고 공감하는 글을 써야 합니다. 그래서 '책 쓰기 프로젝트'는 학생들이 더 많이 생각하고 상상해서 만들어내는 창작

물입니다. 출판한 책을 받았을 때, 학급 문집과는 다른 성취감을 느낄 수 있을 거예요. 부득이 학급 문집 형태의 작품 모음집이라면 글의 양식이라도 통일하길 바랍니다. 다양한 양식의 글이 섞여 있는 문집보다는 시집 혹은 에세이집처럼 글 양식이 일정하면 책의 특징이 명확해지니까요. 책 쓰기에 따로 창작 지침은 정하지 않습니다. 지도교사의 재량과 학생들의 역량에 따라 어떤 형식이든 괜찮아요. 다만 앞서 말한 것처럼 다양한 장르와 형식을 포괄하여 학급 작품집처럼 엮는다면 산만한 구성이 될 수 있으니 유념하세요.

방과후 프로그램이나 동아리로 운영할 때는 안정적인 시간을 확보하는 게 급선무입니다. 교육과정을 염두에 두고 시간을 확보해야 해요. 틈새 시간 활용이나 가정 연계 과제를 이용하는 방법 등 지도교사가 여러 대안을 고민해야 하지요. 또한 학생 관리도 신경 쓸 게 많습니다. 학생 비상 연락망과 귀가서약서 및 응급처치 동의서를 참여 학생들에게 받아놓는 등 안전 관리에 특히 유의해야 해요. 공유 내용 전달 및 귀가 여부 확인을 위해 따로 SNS 공간을 만들어 활용할 수도 있지요. 이처럼 지도 한계를 보완하는 방법을 마련하는 것이 좋아요.

Q 책 쓰기 활동 계획서 어떻게 작성할까요?

활동 계획서는 향후 전개하고자 하는 활동에 대한 계획을 명시한 문서를 말해요. 활동 계획서를 검토하는 사람이 활동 내용을 쉽게 이해할 수 있도록 핵심 사항 중심으로 명료하게 작성하는 것이 중요하겠죠. 운영 방침과 대상 및 활동의 구체적인 내용을 기재해요. 단계별 일정 및 소요 예산 등을 상세하게 작성하도록 해요. 공모사업 신청 시 선정의 근거가 되는 자료이니까 더 짜임새 있게 작성해야 유리해요.

❶ 전체 책 쓰기 과정을 구상해요.

책 쓰기의 일반적인 과정은 준비, 글쓰기, 출판이에요.

준비 과정은 활동 계획 수립, 성립 전 예산 편성, 대상 학생 최종 확정, 활동 시간 결정, 글쓰기 교수학습 방법 구상, 활동에 필요한 자료 구입 등이에요.

글쓰기 과정은 쓰고 싶은 책 탐구, 책 출판과 일반 글쓰기의 차이점 탐색, 책 주제 결정, 형식과 장르 결정, 글쓰기 활동, 원고 수합, 퇴고, 합평, 최종 원고 선정 등이에요.

출판 과정은 출판사 혹은 제작업체 선정, 책 판형·표지 디자인·내지 디자인 결정, 컬러 인쇄·흑백 인쇄 또는 부분 컬러 인쇄 가능 여부 확인 등이에요. 권당 가격 및 인쇄비를 확인하고 출판 권수를 정해요. 출판사에 투고한다면 마감 기한에 맞춰 초고를 제출하고, 원고 수정 피드백에 따라 원고를 다듬은 후 최종 파일을 확인하면 출판사에서 인쇄에 들어가요.

공모사업 지원이 있었다면 출간 후 교육청이나 지자체에 완성본을 제출해요. 그리고 출판 전시회, 책 쓰기 최종 보고서 및 정산서 제출 등이 추후 과정으로 남아있어요.

출판 전시 및 기념회는 학교 동아리 발표회 때 무대에 참석하거나 부스를 운영하는 형식으로 진행할 수 있어요. 학생들은 이를 통해 저자로서 책에 대해 발표하는 경험을 할 수 있지요. 담당 교사는 학생에게 발표회 참가 동의를 받고 이동 수단과 귀가 방법까지 생각해 두어야 합니다. 학교 내에서 학년, 학급, 동아리별로 출판 전시 및 기념회를 준비할 수도 있어요. 출판기념회를 학생들과 기획하고, 행사를 진행하는 활동은 창의적 체험활동과 융합할 수도 있어요. 학생들이 각자 역할을 분담하여 다 함께 만들도록 지도해요. 초대장 만들기, 사회보기, 행사 진행, 저자와의 만남 준비, 책 낭독극 준비 등 다양한 아이디어로 학생들의 참여를 유도할 수 있어요.

❷ 학생 책 쓰기(동아리) 활동 계획에는 어떤 내용이 들어가나요?

전체 구상을 마쳤다면 세부적인 계획서를 작성하여 문서화해요. 학생 책 쓰기 활동 계획서의 일반적인 항목은 동아리 활동의 목적, 세부 운영 계획, 예산 지출 계획, 기대 효과예요. 세부 운영 계획이 활동의 상세 내용이라고 할 수 있지요. 학생 모집 방법과 활동 기간(일자 및 시간), 대상 학년, 활동 장소 등 구체적인 사항을 기재하면 됩니다. 세부 활동 프로그램은 차시별로 운영 일시와 활동 내용을 표로 정리하여 기술합니다. 각 차시에 참고 도서가 있다면 도서명을, 만약 지도교사가 여럿이라면 차시별 지도교사를 적어줍니다. 참고할 내용은 비고란에 안내합니다.

공모사업 신청 계획서는 양식에 따라 지원 개요, 활동 명칭과 의미를 추가해서 기재해요. 책 쓰기 활동을 동아리로 구성하여 운영할 경우 다음 페이지에 나오는 예시처럼 활동 계획서를 작성하여 기안합니다. 동아리명과 운영 방침, 활동 목적, 세부 운영 계획, 회원 명단, 책 쓰기 주제, 운영 계획, 예산 사용 계획, 기대 효과 등이 모두 포함돼요. 차시별 계획 작성 시 학교 학사일정을 먼저 확인해야 해요. 일정이 겹쳐서 학생이 이탈하는 혼선이 없어야 하니까요. 잘 살피고 조율할 수 있게 사전 점검이 필요합니다.

활동 계획서 예시

❸ 예산 지출 계획을 세워 살림을 꾸려가요.

공모사업이 선정된 후 학교로 예산이 배부되면 예산 편성을 위해 운영 계획을 더 세밀하게 다듬을 수 있어요. 대상 회원, 운영 시간, 운영 계획 등을 실제 상황에 맞게 수정합니다. 행정실에서 성립 전 예산 편성 요구서 파일을 받은 후 운영 계획에 따라 지출 항목을 작성하여 기안합니다. 관리자 승인 후에 학생 책 쓰기 예산을 사용할 권한이 주어집니다. 이제는 품의를 통해 지출할 수 있어요. 예산은 주로 자료 구입비, 도서 구

IV. 동아리 운영비 지출 계획

구분		금액(원)	산출기초	비고
교육청 지원액		⑦,000,000원		
동아리 활동 운영비	①도서 및 참고자료 구입비	⑦00,000원	·아동문학자료 및 동화 구입 ⑦0,000원×⑦0권=⑦00,000원	
	②강의료	⑦00,000원	·강사 초빙 강의료 및 원고료 ⑦0,000원×⑦회=⑦00,000원	
	③인쇄비	⑦00,000원	·인쇄비 ⑦,000원×⑦0권=⑦00,000원	
	④교통비 및 여비	⑦40,000원	·교통비 ⑦0,000원×⑦회=⑦0,000원	
	⑤출판기념회 다과비	⑦0,000원	·다과 ⑦0,000원×⑦회=⑦0,000원	
합계		⑦,000,000원		
잔액		0		

V. 기대되는 성과

　가. 나와 타인을 이해하는 태도가 형성되며, 자기의 생각을 체계적으로 정리하여
　　표현하는 능력이 길러진다.
　나. 인문학적 소양이 성장하며, 글쓰기를 통한 창작력을 삶에 적용해보는 기회를
　　가질 수 있다.

예산 지출 계획 예시

입비, 작가와의 만남 같은 독서 인문 체험비, 간식비, 인쇄비, 출판기념회 비용 등으로 편성할 수 있어요. 간식비는 총예산의 20%까지 지출하는 제한이 있습니다. 강사료와 교통비, 여비는 당해 학교 행정 지출 기준을 확인하여 산출해야 해요. 인쇄비는 사정에 따라 변동될 수 있으니까 여유 있게 편성해 놓는 것이 좋습니다. 예산이 편성된 지출 항목과 같다면 총예산 안에서 각 항목의 비율을 조정할 수 있어요. 간식비처럼 비율

이 20%로 정해진 것은 조정할 수 없고요.

Q 학생은 어떻게 모집하고 관리하나요?

학년, 학년 군, 학급 단위로 모집할 수 있어요. 학년 단위는 해당 학년의 모든 학생을 포함할 수 있고, 학년 내에서 신청자를 받을 수도 있어요. 학년 군 단위는 특정 학년 범위(예를 들어 5~6학년)를 지정하여 신청받는 방법이에요. 학급 단위는 학급의 전체 학생을 대상으로 하거나 신청자를 받아서 운영할 수 있어요.

활동 계획을 제출할 때 회원을 임시 회원으로 잡았다면, 공모 선정 이후에는 일 년을 함께할 정회원을 결정해야 합니다. 위에 언급한 회원 구성 방법과 달리 글쓰기를 잘하는 학생을 선정해 책 쓰기 과정과 결과의 효율성을 높일 수도 있겠지요. 신청자 모두를 수용해 책 쓰기에 참여하는 만족감을 높일 수도 있고요. 이 둘 중에 결정해야 합니다. 프로그램 초기에는 희망하는 학생들을 여유 있게 모집하는 것이 좋아요. 중간에 탈퇴하는 학생이 있더라도 적정한 정원을 유지할 수 있거든요.

그럼, 활동 시간은 어떻게 확보할까요? 교육과정 내에 정식 학생 동아리로 넣어서 주별, 학기별로 정해진 수업 시간을 활용하는 방법이 있습니다. 교육과정 외 동아리로 구성해서 자유롭게 방과후 시간을 활용할 수도 있고요. 교육과정 내 동아리라면 다른 매력적인 동아리와 경쟁이 생길 수도 있어요. 교육과정 외 동아리로 운영할 때는 글쓰기 모임 시간을 규칙적으로 확보하기가 어려울 수 있고요. 또한 학급 학생 모두를 대상으로 운영할 때는 글쓰기 시간을 확보하기가 비교적 수월하지만, 책 출간까지 학급에서 단 한 명의 낙오자도 생겨서는 안 된다는 어려움이 생겨요.

활동 계획서를 구상하면서, 가정통신문에 구체적인 모집 일정을 공지하여 신청서를 받아요. 학생과 학부모가 책 쓰기 활동을 이해하고 진행 방향을 한눈에 확인할 수 있도록 활동 내용을 명료하게 서술합니다. 가정통신문에 학생과 학부모의 연락처 및 개인정보 동의서를 함께 첨부해요. 활동 내용에 문의가 있을 경우에 대비해 학교 대표전화를 연락처로 입력합니다. 담당 교사가 수업 중이거나 부재중일 때를 대비하여 교무실 민원 담당 교직원에게 가정통신문의 내용을 전달하고 응대할 수 있도록 협조를 구해요.

교내 학생들에게 홍보하기 위해 포스터를 만들어 게시판에 부착하거나 교내 메신저에 첨부하여 활동을 원하는 학생은 누구나 신청할 수 있도록 모집 정보를 계속 노출합니다. 책 쓰기를 열망하고, 잠재된 능력을 갖춘 학생이 자발적으로 신청한다면 과정이 끝날 때까지 포기하지 않고 완주할 확률이 높아요. 신청서를 받을 때도 학생의 참여 의사를 확인하여 자발적으로 참여하는 학생을 확보합니다.

운영하다 보면 학생들이 쓴 글을 효과적으로 모으는 방법도 고민스러울 거예요. 글쓰기 공책을 주기적으로 모아서 파일로 저장하고 되돌려 줄 수도 있고, 활동지를 매번 주고 바로 피드백하면서 모아갈 수도 있습니다. 고학년의 경우 여분의 학교 컴퓨터나 태블릿을 교실에 두면 학생들이 활용할 수도 있어요. 지도교사가 글쓰기 밴드나 카페, 패들렛(Padlet)을 개설하고 그 사이트에 교사와 학생들이 수시로 글을 기록하는 것도 하나의 방법입니다. 밴드나 카페 같은 SNS를 운영하면 글에 대해 언제든 피드백할 수 있어 편리해요. 또한 동아리 회원 관리 측면에서도 친교 및 안내 전달 창구가 되지요.

학생들에게 글쓰기는 쉬운 과정이 아니에요. 중간 포기자가 생기지 않도록 회원 관리를 잘하는 것도 선생님의 중요한 역할입니다. 지도교사와 학생 간 신뢰와 애정은 책 쓰기라는 공통의 목표를 확고하게 해줘요. 글에 대한 의미 있는 피드백, 간식, 인문 체험 등 다양한 지원이 필요하지요. 이는 글을 쓰고자 하는 동기 부여와 글쓰기의 지속성 유지에도 도움이 되는 당근이니 아낌없이 주는 나무가 되어 보는 것은 어떨까요.

Q 학생 책 쓰기 프로젝트에 도움을 받는 방법이 더 있을까요?

도서관의 인적·물적 자원을 활용하세요. 책 쓰는 과정에 필요한 정보와 자료가 도서관에 있어요. 정보서비스 전문가인 사서교사는 특정 주제에 관한 책을 추천해 줄 수 있어요. 또한 데이터베이스 이용법을 안내하거나, 참고 자료를 수집해 활용하는 방법도 알려줄 수 있답니다.

강연이나 워크숍을 통해 작가나 편집자와 같은 전문가를 초청하는 것도 좋아요. 그러면 현장 경험과 전문 지식이 어우러진 실재적인 도움을 받을 수 있어요. 출판 정보 제공, 출판 프로세스 안내 등 편집자나 출판 전문가의 멘토링은 작품을 편집하고 출판하는 과정에 현실적인 도움이 됩니다. 작가가 창작한 경험을 들려주면 글쓰기의 가치와 태도를 본받을 수도 있고요. 학생과 작가가 함께 고민을 나누는 동안 학생은 다양한 글쓰기 기술과 전략을 직접 배울 수 있습니다.

책을 읽고 분석하는 독서토론 활동도 도움이 됩니다. 다양한 작가의 작품을 함께 읽고 토론하면서 작품 구조, 주제, 소재, 문체 등에 대해 깊이 있는 이해를 할 수 있지요. 학생들은 작가의 작품을 감상하는 동시에 글쓰기 소재를 탐색하며 아이디어를 얻을 수 있답니다.

또래 멘토링은 작성한 글을 상호평가하고 피드백을 제공하는 방법이에요. 이런 교류를 통해 실력을 점검하고 글쓰기 실력이 더 나아질 수 있어요. 도서관 활용, 작가와 전문가 초빙, 독서토론, 또래 멘토링 같은 책 쓰기 지원 활동을 통해 책을 쓰는 과정에서 필요한 지식, 자료, 영감 등을 얻을 수 있지요. 모두 책 쓰기에 근육을 붙이는 단련의 기회가 됩니다.

사서 선생님이 알려주는 글쓰기 십계명

❶ 문장에서 주어와 동사가 적절하게 호응하는지 확인해요.

❷ 너무 긴 문장은 읽기에 어려우니까 필요 없는 부사어는 지워요.

❸ 동어 반복은 피하고, 다양한 어휘를 활용해 다채롭게 표현해요.

❹ 문장부호를 올바르게 사용하여 의미를 명확하게 전달해요.

❺ 되도록 수동형이 아닌 능동형 문장을 쓰세요.

6 의성어, 의태어를 적절히 사용하고 묘사를 통해 생생한 이미지를 그려내요.

7 문맥에 맞는 단어를 선택하여 정확한 의미를 전달해요.

8 인용한 정보는 출처를 밝혀 글의 신뢰성을 높여요.

9 맞춤법 확인은 필수! 띄어쓰기, 오탈자는 반드시 확인해요.

10 차별의 의미가 담긴 단어나 일본식 표현 등은 순화된 표현으로 고쳐 써요.

마음을 크게, 세상을 크게

5·18 민주화운동 40주년 기획 소설

저수지의 아이들

정명섭 지음 | 12,000원

'말'이 '칼'이 되는 순간

취미는 악플, 특기는 막말

김이환·정명섭·정해연·조영주·차무진 지음 | 13,000원

한국전쟁 71주년 기획 소설

1948, 두 친구

정명섭 지음 | 12,000원

성장통 이후에 깨닫는 나다움의 의미

어느 날 문득, 내가 달라졌다

김이환·장아미·정명섭·정해연·조영주 지음 | 13,000원

나를 즐겁게 하는 것들과 나 사이의 적정 거리

자꾸만 끌려!

김이환·장아미·정명섭·정해연·조영주 지음 | 13,000원

너무 힘들 때, 나를 보호해줄 유리가면이 있을까?

유리가면

조영주 지음 | 13,500원

엄마가 좀비가 된다면 어떻게 할래?

엄마는 좀비

차무진 지음 | 13,500원

모두에게 익숙한 소년과 처음 만나는 나 사이

보이 코드

이진·전건우·정해연·조영주·차무진 지음 | 13,500원

개인 맞춤형 메타버스 학교부터 우주 도시의 혼합 학교까지

100년 후 학교

소향·윤자영·이지현·정명섭 지음 | 13,500원

엄마까지 사라져버린 이 세상은 어떻게 돌아가는 거야?

엄마가 죽었다

정해연 지음 | 13,500원

사춘기를 위한 짧은 소설 쓰기 수업
쓰면서 생각을 키우는 스토리의 힘

초판 1쇄 발행 2024년 1월 17일
초판 2쇄 발행 2024년 10월 23일

지은이 | 정명섭, 이지현

발행인 | 박재호
주간 | 김선경
편집팀 | 강혜진, 허지희
마케팅팀 | 김용범
총무팀 | 김명숙

디자인 | 석운디자인
일러스트 | 임익종
교정교열 | 김선례
종이 | 세종페이퍼
인쇄·제본 | 한영문화사

발행처 | 생각학교
출판신고 | 제25100-2011-000321호
주소 | 서울시 마포구 양화로 156(동교동) LG 팰리스 814호
전화 | 02-334-7932 **팩스** | 02-334-7933
전자우편 | 3347932@gmail.com

ⓒ 정명섭, 이지현 2024

ISBN 979-11-91360-98-1 (43800)